罗兰经典作品选

罗 兰 著

当代世界出版社

图书在版编目（CIP）数据

罗兰经典作品选/罗兰著．—北京：当代世界出版社，2014.11

ISBN 978-7-5090-0988-8

Ⅰ．①罗… Ⅱ．①罗… Ⅲ．①散文集－中国－当代 Ⅳ．①I267

中国版本图书馆 CIP 数据核字（2014）第 217742 号

著作权登记号　图字：01－2014－6165

出版发行：当代世界出版社
地　　址：北京市复兴路 4 号（100860）
网　　址：http://www.worldpress.org.cn
编务电话：（010）83907332
发行电话：（010）83908409
　　　　　（010）83908455
　　　　　（010）83908377
　　　　　（010）83908423（邮购）
　　　　　（010）83908410（传真）
经　　销：全国新华书店
印　　刷：北京欣睿虹彩印刷有限公司
开　　本：700 毫米×960 毫米　1/16
印　　张：19
字　　数：255 千字
版　　次：2015 年 1 月第 1 版
印　　次：2015 年 1 月第 1 次
书　　号：ISBN 978-7-5090-0988-8
定　　价：24.80 元

如发现印装质量问题，请与承印厂联系调换。
版权所有，翻印必究，未经许可，不得转载！

目 录

小 语 篇

认清自己 …………………………………………… (3)
柔　韧 …………………………………………… (6)
初入社会 …………………………………………… (15)
互助合作 …………………………………………… (17)
青　年 …………………………………………… (19)
教　育 …………………………………………… (23)
鼓　励 …………………………………………… (27)
善　恶 …………………………………………… (29)
朋友之间 …………………………………………… (33)
风　度 …………………………………………… (39)
辞　令 …………………………………………… (41)
应　酬 …………………………………………… (43)
原谅·宽恕 ………………………………………… (45)
含　蓄 …………………………………………… (48)
弱点·嫉妒 ………………………………………… (49)
金　钱 …………………………………………… (52)
忘　忧 …………………………………………… (54)
宁　静 …………………………………………… (56)

淡　泊	(59)
豁达·洒脱	(62)
快乐小语	(65)
做事之乐	(72)
经验与热情	(78)
谈走入社会	(81)
谈内向	(85)
工作小语	(88)
谈性向	(95)
谈胆识	(99)
谈决心	(102)
我们的来处与去处	(105)
人生偶得	(111)
实　行	(118)
忙碌与进取	(121)
耕　耘	(126)
专　精	(129)
学　习	(132)
快乐的工作	(134)
快乐的来源	(137)
生　动	(142)
苦　闷	(144)
成　功	(146)
推动自己	(151)
克服惰性	(153)
对的起点	(156)
果断与担当	(158)

战胜自己 ……………………………………… (161)

目的要纯正 …………………………………… (164)

想到就做 ……………………………………… (166)

急不如快 ……………………………………… (168)

责任感 ………………………………………… (170)

目　标 ………………………………………… (172)

坚强・独立 …………………………………… (177)

理　想 ………………………………………… (181)

勇往直前谈人生 ……………………………… (182)

面对现实 ……………………………………… (188)

人生逆境 ……………………………………… (190)

初生之犊不怕虎 ……………………………… (192)

励志小语 ……………………………………… (195)

处世小语 ……………………………………… (200)

散　文　篇

雨丝・绿海 …………………………………… (211)

彩色的联想 …………………………………… (213)

声音的联想 …………………………………… (216)

雾濛濛的松山 ………………………………… (218)

写给秋天 ……………………………………… (221)

那岂是乡愁 …………………………………… (223)

秋园即事 ……………………………………… (230)

生活散曲 ……………………………………… (236)

山上去来 ……………………………………… (241)

幽林一夜雨 …………………………………… (247)

雨中的紫丁香 …………………………………… (252)

生活的脚步 ……………………………………… (256)

生活的浪花 ……………………………………… (258)

善恶随想曲 ……………………………………… (264)

白云千嶂 ………………………………………… (268)

孩子的画与文 …………………………………… (272)

智者乐水 ………………………………………… (277)

寂寞童心 ………………………………………… (280)

植物的世界 ……………………………………… (283)

夏天的诗 ………………………………………… (285)

南风的旋律 ……………………………………… (287)

夏夜繁星 ………………………………………… (288)

山上雨·雨中山 ………………………………… (290)

寻觅·失落 ……………………………………… (293)

雨也潇潇 ………………………………………… (295)

小语篇

认清自己

一个人一定要先认清自己，找到目标，然后才有权去选择自己要的和拒绝自己不想要的。如果自己也不认识自己，也没有目标，而只是因为自己觉得目前所有的东西不好，就放下手里的，另外去拿一个别的，那就只是没有主见和见异思迁。像这样彷徨犹豫，结果会是一事无成。

* * *

高中的阶段是决定一个人兴趣志愿的主要阶段，这时，该让自己多接触各类学科和课外的各种活动。尽量留神自己究竟喜好的是什么，擅长的是什么。这样，在投考大学深造的时候，就不致盲目地跟着别人去挤那几个热门的科系，而可以决定一个真正的志愿。

* * *

一个人追求学问应该是一种乐趣。为了功利实用的目的去读书，境界已经差了，如果再为了虚荣去读书，那就更是最大的错误。为了兴趣读书之后，这书才可以真正消化，才可以成为你自己的一部分，将来才可以真正有用。为了虚荣读书，就会使你觉得读书是一种痛苦的负担。

* * *

一个人只有在他为自己的兴趣和志愿去追求和努力的时候，他才觉得他的人生有目的。奉劝对人生怀疑的同学们，好好地想一想，你喜欢什么？你擅长什么？你想做些什么？放下一切的功利，一切的虚荣，去坚决地朝着你所认定的方向去追求，你就不会再觉得苦闷和彷徨了。

* * *

"学以致用"，固然是读书的一大前提，但是，单单为了兴趣，以无所为而为的态度去热心钻研一项学问，往往更能有伟大的成就。

* * *

一切真正的成就，都有"热忱"两个字在那里做原动力。缺少热忱而单凭实用的观念去做学问，那是被动的，境界就差了！

* * *

能够在这一生中，确实认清自己，为自己找到一个正确的目标，走出一条路，充分发挥了自己天赋的，就可以算是一个成功的人了。

* * *

每个人生命中都有属于他自己的一分精华。我们要先了解自己，选定方向，认真地去追求，那就叫做立志。

* * *

读书需要恒心、毅力和刻苦的精神。天下没有不劳而获的事。即使凭兴趣，也一定要同时具备克服困难和懒惰的坚强与专注，才可望成功。

* * *

一切有分量、有内容的知识，都是较为艰深和难于接近的。轻松的东西容易学会，但是用处少；严肃的东西不易学会，但是用处多。作学问不能专凭好恶，而要用点理智去逼迫自己才行。

* * *

选错了科系，最好是及早转系。如果不能，你就只好在课余去发展自己兴趣接近的东西。这样做虽然要多花一倍的力气，可是，趁着年轻，多学一点，多记一点，两者也未尝不可相辅相成，使你比别人多有一件谋生或求知致用的工具。

* * *

有些人并没有很显明的对某一项学科的兴趣与专长，也没有很显明的志愿。他有时对学业发生怀疑，只是因为他不喜欢读书。像这种情形，即使转学，也不一定就会好。一次又一次的转学或转系是一种缺少定见，没有目标的表现。像这样下去，徒然浪费了时间，结果是一无所成。

* * *

一个人要能抛开一切，只朝他所喜欢的方向去发展研求，才可以有成就。但是，一个未成年的孩子，他的选择能力还不够，他还不能认清自己究竟适于做什么。他也还没有真正完全看到可以供他选择的路向。在这种情形之下，他是没有资格听凭自己的意愿去选择的。他该再多受点学校教育，再多认识一下环境和他自己，多打一点基础，然后才可以谈得到选择自己的方向。在具备这些条件之前，他是应该接受父母师长的辅导的。

柔 韧

当我们遇到挫折的时候，第一样要做的事，是马上找一个新的希望。不管这希望将来是否能实现，甚至不管它是否真的是一个"值得的"希望，只要你找到一个，然后，让自己认真地朝这方向去计划、去努力、去追寻。不必关心它将来会怎么样，至少在目前，你可以很快地忘了那失败的痛苦，提早结束那痛苦的尾声，而重新感到自己又充满了希望和对事情的热情。

* * *

过分的刚强，不如适度的柔韧。我们应该多有一点韧性，能够在必要的时候弯一弯，转一转。太坚硬的东西，容易折断。唯有那些不只是坚硬，而更多有一些柔韧的弹性的人，才可以克服更多的困难，渡过更多的挫败。

* * *

平常我们推崇一个人的刚烈，说它是"宁折不弯"。但是也有更多的时候，当我们还有更重要的事情要做，还有更崇高的任务要达成，当我们的生命的力量尚未充分发挥的时候，如果懂得怎么样使自己弯而不折，可能更需要一些智慧、勇气和毅力。

* * *

对一时的烦恼，最好不要太认真。一方面，你要相信，人人都有烦恼。另一方面，你要相信，你绝不会永远这样烦恼下去。过一过，你总会找到一些值得让你为它快快乐乐地活下去的东西。

* * *

如果我们只紧张焦急于大希望的不易满足，而忽略了铺路的小希望的达成，结果就反而会达不到那个大希望。先哲劝我们"大处着眼，小处着手"，就是这个道理。

* * *

一个人不能没有希望，希望虽未必实现，但在希望的过程之中，我们会由于希望的鼓励而增加了生存的勇气。

* * *

"百炼钢成绕指柔"。一个人经过千锤百炼之后，会成为绕指柔的纯钢。而一个柔顺如纯钢的人，却正是一个坚韧如纯钢的人。我们应该让自己坚强，但不要让自己缺少那以柔克刚的韧性。能忍的人不一定是软弱的人。表面上的强硬，有时正足以换来不可挽救的失败。只要你懂得怎样容忍，只要你容忍得有风度、有目的，只要你能把容忍变为内在的力量，你的容忍就正是可贵的坚强。

* * *

成功不能单靠聪明，而还要靠一种百折不回的坚强。太神经质、太敏感、太脆弱，是成功的障碍，一定要受得住挫折和屈辱，才可以走完全程，达到成功的目的。

* * *

如想成功，需要有点韧性。只能面临成功，不能面临失败，一遇挫折，就感沮丧的人，是弱者。这种人，空有好胜图强的心，但只因他缺少忍受挫败的韧性,所以,他反而会是最先失败,最早放弃努力的一个。

* * *

一个被环境宠惯了的人,往往觉得胜利应该毫无条件地归于自己,而一旦他离开了那宠惯他的环境,被放在和别人同等地位,接受同等待遇,同等考验,用同等标准去衡量时,他就会觉得自己一无所有了!

* * *

屈辱失望的时刻是每一个好胜的人开始走向失败的关键。如果你坚强,你会忍下这屈辱,从被否定中,重新去寻求肯定。当然,那需要毅力,需要时间。而如果你软弱,你就难免自暴自弃,承认失败,放弃本来可能有的成就了。

* * *

被否定是一件痛苦的事,但否定才是进步的来源。一个人必须在陌生的环境里通过考验,所得的分数,才是肯定的分数。一个人必须在被挫败的时候,有勇气从头检讨自己,虚心地充实自己,再找机会去通过陌生环境的考验,才有希望得到真正的成功。

* * *

世上没有绝对的成功。人外有人,天外有天。我们既不能骄盈自满,更不必灰心退让。一个人尽最大的努力,获得他自己能力范围之内的最大限度的成功,他就是成功的人。

* * *

成功虽然像是竞赛,跑在前面的,算是最成功的,但它又不完全是竞赛,成功的另一意义是"创造"。不要跟在大队人们的群中去竞赛,而要自己另辟蹊径，发挥自己的特长，显出自己的特色，找到属于自己的成功。

* * *

别人的批评鼓励，对你只是一个参考。而真正成功的标准要由你自己心里去定。它必须是够高的、够远的；必须是你要尽自己全力才能达到的。否则，你就姑息了自己。

* * *

遇到挫折而不沮丧的人是没有的。只是有的人会由此永远不能振作，而有的人却能在暂时的沮丧之后，马上重整旗鼓，拿出更大的力量，使刚刚还在冷笑着的敌人溃不成军。

* * *

去尝尝克服困难的滋味，那真和在前线打胜仗一样痛快！要恨那些妨碍你成功的阻力像恨一个侵略者一样！

* * *

人都是崇拜英雄的。你如果在阻碍你的力量面前停下来，你马上会成为被讥笑的对象！

* * *

把你的苦难当作一个难得的经验，忍耐一时之痛去体会它，你将因为这些苦难而比别人更了解人生。

* * *

一个始终生活在顺境里的人，比起经过风险的人来，他对人生的体会是肤浅的。

不管过去有多好，它总是过去了。不管过去有多少成功，那也不值得炫耀。唯有现在才值得把握，唯有未来的成功才是值得期待的成功。

* * *

不要为已有的成功而骄傲。不要以为现在已经有一些成绩而就觉得满意，我们要把理想的目标悬得更高更远，用更大的努力去追求更大的成功。

* * *

人生本无所谓美满，它是一个不断奋斗，不断感到茫然，不断收获，又不断感到失望与不满的过程。事业的成功没有止境，只是一场无终点的追求而已。

* * *

在一切事情都竞争激烈的今天，我们要有足够的坚强来接受失败的打击和考验。能够面临失败而不灰心、不气馁的人，在这个时代才会站得住脚。只能面对胜利而不能面对失败的人，并不是最强的人。

* * *

有谁是能永远也不失败的呢？世界上有哪一条路是完全平坦的呢？有多少件事是一帆风顺的呢？如果你只能面对胜利而不能面对失败，那么你一定走不了多远就败退下来，落伍了！

* * *

不要为自己的失败悲伤流泪或怨天尤人，而要检讨失败的原因，埋头自修，重新做起。这话你一定也听许多人说过，但是你却不一定看到过许多人这样实行，那么，你去实行吧！

*　　*　　*

要看自己是否经得起失败的考验，才能决定失败是否真为成功之母。失败如不配上坚强的意志和一贯的恒心，它就只能是一个"失败"，而不会孕育出成功。

*　　*　　*

生命途中，人人都随时可能遭遇到失败的考验。可是，有人碰到失败，就马上退步回头，不再尝试。有人却是在失败之后，马上省察失败的原因所在，针对失败的原因，去修正自己进取的方法，打起精神，卷土重来。一次不成，再来一次。总有一天，会走通这一关。

*　　*　　*

当每天的工作告一段落之后，我们无论是在成功的快乐或失败的困恼之中，都应该相信，生活就是这样的。有时逢到好天，有时遇上风浪。只要你的舵掌得稳，人生的海洋通常都能安全地渡过，而到达彼岸。

*　　*　　*

宗教家叫人每晚祈祷，并非教我们祈求神力帮助，而是教我们搜求出自己内在的力量来，支持自己，渡过风浪，继续前行。

*　　*　　*

对无论什么事，我们都应准备一分耐性，一分坚贞。耐性使我们可以等待，坚贞使我们可以不变。

*　　*　　*

同样的事情，处理的方法因人而异，问题只在你是否看得开，是否放得下，或是否有毅力去执着不放。

*　　*　　*

"以准备失败的心情去迎接胜利"，这是一个人面临得失的时候所必须有的一种态度。假如只准备成功而不准备失败，当失败来临时就会措手不及了。

*　　*　　*

轻易放弃愿望的人，固然不会有成功的机会，可是，只知紧张固执而不知道用实际行动去达成愿望的人，也一样不会有成功的机会。

*　　*　　*

要达到你的目的，就须忍耐一时的不便。表面上的柔顺永远比一场冲突更能达到你的目的。

*　　*　　*

快乐虽然人人向往，但它总不免是浮浅的。痛苦虽然可怕，但它是深沉的。它可以从你心的深处激发出一些真的和美的东西来。

*　　*　　*

柔弱的人不能抵抗环境，所以只好让环境把他征服，坚强的人能利用环境的压力，产生更大的弹力，结果压力越大，他跳得越高。

*　　*　　*

每个人内心深处都不免有悲哀与彷徨的感觉，只是每人应付的方法不同，所得的结果也不同而已。

* * *

俗语说："好事多磨"，一切我们期盼的事，总难免有些波折，成功本来不是一件容易的事，幸运更不是随手可以拿到。如果我们一受到挫折就灰心丧气，就放弃了自己的愿望，就向环境妥协，那我们当然就只有失败了。

* * *

坚强的人最大的长处是能够化痛苦为力量。别人在痛苦面前低头退缩，他反抗痛苦，克服痛苦，超越痛苦，得到比别人辉煌的成功。

* * *

世人畏惧痛苦与困难，是因为他们总认为，痛苦与困难是一件不应该存在和必须避免的东西。所以才会格外惶惶不安。

* * *

对已经失去了的，就让它失去吧！与其惋惜，不如积极求进，让自己在别的方面得到有意义的补偿。

* * *

不要羡慕平稳的生活，不要畏惧苦闷的心境。假如你有坚定的理想，有足够的信念，坎坷的遭遇和苦闷的心境都可以构成推动你的力量。假如你有时觉得软弱，希望你多拿出一分耐性与坚忍。也许，再向前一步，你就会发现，已经是峰回路转，夜尽天明！

* * *

不可能每天都是完美的，我们只能希望生活中不缺少令我们觉得完美或愉快的日子，只要有少数这样的日子，就可以使我们在辛苦与奋战中得到鼓励与安慰。

*　　*　　*

我们的生活有苦也有乐。几乎每一件甜美的事物背后都必定随带着一些辛苦，换句话说，几乎每一件辛苦的事情背后也必定随带着一些安慰和快乐。当你觉得辛苦和不耐烦的时候，请你为它另一面的意义而忍耐。当你有机会安享你的收获时，你一定会领悟到当初所付出的并没有落空。

*　　*　　*

俗话说：每个人头上一片天，只要努力，定有路走。

初入社会

每一个人在初入社会时都会紧张的,而且谁都难免有错的,只要你朝着最高标准去努力就是了。至于一些未能避免的错误,那正是你取得经验的机会。

* * *

初入社会最该注意的一个原则是少说,多做。

* * *

年轻人比年纪大的人可贵的地方是他们有热忱,千万要把握自己这可贵的一点。不要学油滑,做事不可斤斤计较。许多主管喜欢用初出茅庐的年轻人,就是喜欢他们这种做事不计较和对事情发自内心的一种热忱。

* * *

不要羡慕那些过分油滑、强作世故的青年,他们是得不到同事的好感的。因为油滑世故使他失去了青年人的本色,他那虚伪和投机取巧的作风,会使同事们对他缺少信心与同情,于是,该帮他也不帮了。

* * *

人生是一段很长的过程。在这段过程之中,每一个人都是走一步学一步的。多数的问题,我们都是在错误中明白对是什么,没有人能够不犯错而度过一生的。

＊　　＊　　＊

把错误看做不可避免的过程，你会多有一些勇气！

互助合作

与人愉快相处，不但别人快乐，自己也同样得到快乐的回报。

*　　*　　*

一个人要想在事业上成功，固然要靠自己的努力，但是，我们发现，除了自己的努力之外，还需要别人的合作。一个人如果只知有己，不知有人，那么他努力的成绩会在别人反对或掣肘之下被抵销。

*　　*　　*

一个人，无论自己以为有多少才华，有多少成就，这世界上总还有比他才华更高、成就更大的。唯有虚心诚恳地不断地学习，不使自己骄盈自满，才可以有更高的成就。

*　　*　　*

你不能凭空超过别人。如想出人头地，必须先埋头自修，充实自己。一切的成功都是靠一砖一石的累积和别人的认可，绝不能凭空得来的。

*　　*　　*

人与人之间靠了彼此的尊敬与合作、彼此的帮助和鼓励才可以把事情做好，互相排挤和倾轧，以致目中无人、唯我独尊的作风，不但不能成功，反而导致失败。聪明人是知道怎样帮助别人，并与别人和气相处的。

* * *

一个精明有为的主管，一定知道怎样安定自己所属单位的人事；一个真正爱工作的有为的职员，也一定懂得怎样把心力充分用在工作上。

* * *

每一个人的成绩固然是整个机关的体面，而整个机关的体面，也正是其中每个职员的光荣。

* * *

任何一个单位，如果其中每一个人都能把精神心力百分之百地用在工作上，而不把它分散到人事倾轧和彼此对立、互相掣肘上，这个单位的工作效率一定会好。而且，大家精神一定愉快，意志一定集中。即使物质条件差一点，成绩也不会因而降低。

青　年

　　青年人应该就像个青年人，有他们应有的天真和率直。有创造性，不怕碰钉子得罪人，这是青年人的本色。

*　　*　　*

　　保存自己个性，但不要把它在人前炫耀，或故意侵犯别人。

*　　*　　*

　　要认识自己，并且懂得如何尊重别人。"认识自己"可以使你走上属于你自己的适合于你的路。懂得如何尊重别人是让你推己及人，知道什么是你所不愿忍受的，从而想到这也必然是别人所不愿忍受的。

*　　*　　*

　　"尊重别人"并不是圆滑，而是一个人应有的礼貌和谦虚的表现。

*　　*　　*

　　认真和率直是青年人可爱的地方，骄傲和自满是成功的致命伤。

*　　*　　*

　　"圆滑"是虚伪和怯懦的表现。我们不可能靠圆滑去获得朋友，更不可能靠圆滑去赢得成功。

*　　*　　*

　　不要好高骛远，不重视眼前的工作的人，就不会有可以期待的将来。

*　　*　　*

"摒弃世故,还我纯真。"不要放弃做中流砥柱的雄心。要做众人皆醉我独醒的清醒的人,而不要随波逐流,去做不问是非黑白的世故的人!

*　　*　　*

要想开拓自己的前途,先让自己具备所需的学识和力量;要改造你所认为不满意的环境,先要磨炼你自己!

*　　*　　*

维护社会风气的纯良是我们每一个人的责任。因为这不但是为了我们自己,而且是为了我们的下一代。

*　　*　　*

青年人有创造的精神,有改革的勇气。他们是敢破坏、敢建设的。中年朋友们假如没有忘记自己当年的创造精神和改革的勇气,就该了解你们的子弟为什么苦闷。多了解他们,就可以多帮助他们,少阻碍他们,使他们的生命发出应有的光辉。

*　　*　　*

逸乐颓废是这个时代的一部分,艰苦奋斗又是这个时代的一部分。谁的指南针性能好,谁就不会迷路。经得起考验的,才可以过关。只要我们听从良知的指引,服从真理,我们就可以用自己的手和脑创造一个有朝气有希望的时代!

*　　*　　*

假如你对社会人群失望,你并不算错,因为那证明你有眼力,有理想。但是，假如你真有眼力，有理想，你就不能止于失望，而要拿出改革和创造的精神来。否则，你就和那些令你失望的人们没有分别了！

＊　　＊　　＊

人们本来就有好有坏，只要你自己站在好的一方，社会就多一分希望。

＊　　＊　　＊

复杂堕落的社会，对犹豫的人是陷阱，对坚定的人是锤炼。

＊　　＊　　＊

有创造的勇气，有日新又新的精神，是年轻有朝气的象征。抱残守缺、故步自封是衰退的现象。

＊　　＊　　＊

对年轻人来说，受教育是一种权利。因此，假如你的环境许可，你应该老实不客气地抓住这个机会。

＊　　＊　　＊

除非你的家庭真的没有力量供你上学，你不必因为要减轻家庭负担而放弃上学的机会。要知道，当你受了完整的教育之后，对家庭会有更大的帮助。

＊　　＊　　＊

孩子为家庭减轻负担是对的，但是要看在哪一方面来说。平常的衣食零用，可省则省，那是美德。但是求学上进所必须的花费，则不必为了节省开支而过于打算。假使你诚心要为家庭减轻负担，你可以在课外找时间半工半读。

* * *

求学的机会是难得的。往往你放过这一个机会之后,这机会就永远不会再来了。那时你会后悔的。

* * *

一个人读书,并不只是为了将来找工作赚钱。一个人除了维持生活之外,还应该为自己的生命找出一点更鲜明的意义。

* * *

爱自己的学校也是一种美德。如果你爱自己,你一定懂得学校和你息息相关。奉劝自以为学校不够理想的同学们,收拾起抱怨的心情,拿出积极的力量来,使你的学校因你的努力而增加一分光彩。

* * *

为了学历或虚荣去进大学,那目的就错了。即使侥幸能够进去,所得亦必有限,将来也不会有什么出息的。

教 育

"规过私室",可以使人在不丧失自尊的情形下,自动改过向善。

* * *

你如果希望一个人好,你要使他相信他有好的可能,你要使他觉得你仍相信他、看重他、同情他,并且支持他。

* * *

教育是为了孩子,一切对孩子有害的事,都要避免。

* * *

谁都知道,儿童是国家未来的主人翁。我们该给他们一个健康的身体,给他们一个愉快的灵魂,使他们对书本有好感,对社会有信心。好让他们将来用善意和爱心,以及健全的身体和健全的灵魂来推动这世界。

* * *

对青年的教育,应该以爱和同情为出发点。当他们犯了错误,我们要站在他们的立场,去设身处地为他们设想。打击和不择手段的惩罚,从来不会使一个人心悦诚服地改过向善。

* * *

如果你希望说服一个人,你先要使他信赖你,敬爱你。如果你要管好一个孩子,你先要关心他的痛苦,了解他的困难,帮他遮掩他的错误,替他宣扬他的优点。

* * *

所谓"训导"当然不是单纯的挑剔或惩罚，而更包含同情、劝勉和导引。

* * *

教育不是军事训练。教学生不能让他们毫无理由地绝对服从，而要用感情去打动他，用理智去诱导他，要他明辨是非，知道廉耻。这样，才能造就出正直有为的第二代。体罚是落伍的，而且是错误的方法。

* * *

一个少年的堕落，家庭负最大责任，因为无论他有什么问题，如果不是家庭对他放弃了管教与爱护的责任，他仍然不致走入歧途。

* * *

做父母的只要爱他的孩子，不轻蔑他的孩子，不刺激他的孩子，他的孩子是不会自暴自弃的。

* * *

当一个孩子有了问题的时候，他第一个希望是希望他的父母帮助他，支持他，替他解决困难。假如他的父母不但不能帮助他解决困难，反而责骂他，鄙弃他，他就难免要走入歧途了！

留神你自己的孩子，了解他的困难和痛苦，不要把他关在你的世界以外。他犯了错误，你要给他悔过的机会。

* * *

每一个青年都是好胜的。那些自甘堕落的青年，是由于人们剥夺了他表现自己的机会。

* * *

对任何人的过错，都要存一分仁恕的心肠。我们要了解他犯错的原因，原谅每个人性格中的弱点，替人隐藏他的过错，帮助他离开罪恶的深渊，走上平坦的大道。对一个孩子惩罚的时候，要顾到他的自尊，要给他革面洗心的机会，不要让别人永远记起他的过错。

* * *

很多孩子都有一个时期喜欢胡闹，但绝大多数到了一定的年龄会自动地悔悟，走上正轨。多数青年都在他成熟之后，明白了认真做事、好好用功的重要。假如我们懂得怎样给他们保存一个革面洗心的机会，不使他们留下有记录的污点，不公开他们的过错，他们的进步会快得多。

* * *

如果你遭遇到什么困难，或做错了什么事，无论是精神上的，还是物质上的，你都不要只顾隐瞒，更不要胡乱去想办法弥补。你该做的是：把这困难告诉你的父母、兄姐、老师，或其他你可以信赖的长辈。要知道，有些事，在你自己看来是很严重，很难办，但是在有经验的成年人看来，却可能很轻松平常，容易解决。不要把自己闷在牛角尖里胡思乱想，更不要认定你的困难得不到父母师长的谅解。对一切事，"坦诚"都是最好的取得别人信任的办法。

* * *

你要想在精神上帮助一个人，你先要了解这个人。假如你的子弟有困难，你要给他机会，让他说出他的困难。这样，你才可以在适当的时候去帮助他们。父母师长和他们的子弟之间距离太大，隔膜太厚，孩子有问题的时候,不敢求取父母师长的谅解,不敢去向父母师长商量。于是,他只好凭自己的力量,用不妥当的方法弥补,或索性找他所能找到的朋友去帮他解决。而这些朋友又多半都很年轻,也帮不了他多少忙。甚至因所出的主意不妥当,而使他越陷越深,归根结蒂,这责任还是应由家长或老师来负的。

* * *

教育的使命是发现一个人内在的长处,然后去培植它,鼓励它。当你看见一个被认为一无所长的孩子,在你的爱护诱导之下,发挥出他可惊的特长,成为一个出众的人物的时候,你的快乐是无可比拟的。

* * *

每一个人都有他优良的内在,同时每一个人也有他反抗、敌对和故意自暴自弃的一面。你如希望一个人拿出好的一面来,你要使他觉得你愿意相信他的"好",并且愿意接纳他的"好"。你如对一个人打击、轻视,对他表示不信任,他就只好拿出他坏的一面来对你表示抗议了!

* * *

不要用狭窄的眼光和主观的尺度去衡量别人。如果学校对学生只要求功课上的成绩,有些孩子其他方面的长处就会被忽视和埋没,而成为所谓的坏学生。埋没了孩子的天赋,造成社会上人才的损失。

鼓 励

鼓励是我们对别人的成功与荣誉所表示的一种发自内心的赞助和喜悦。这种赞助和喜悦会使被鼓励的人增加自信和得到成功的快乐。一句简单的鼓励的话,往往可以使一个萎靡不振的人突然得到了自信和向上进取的力量。

* * *

假如你希望一个人成功,你不要把目标悬得太高,放得太远,以致使他无法达到。你要把目标订得低一点,放得近一点,使他在他能力范围之内可以达成,慢慢地再引导他向前迈进,这才是有效的教育方法。

* * *

打击和责难足以使一个原来很坚强的人变为灰心丧气,使一个本来就很软弱的人更加怯懦自卑、自暴自弃。打击一个人的自信是天下最残忍的事,打击了一个人的自信等于陷害了他的一生。

* * *

假如你希望你的孩子孝顺,你就不要骂他不孝。假如你希望你的妻子勤俭持家,你就不要骂她好吃懒做。假如你希望你的学生用功奋发,你就不要当众说他没有出息。一切打击和轻蔑的评语都会使人产生反感而自暴自弃。你如希望对方顺从你,你一定要先尊重他。

* * *

鼓励和同情虽然可贵,但那总归是别人的事。有同情和鼓励固然好,如果没有，那就正是我们意志坚定的一种考验。让那些软弱的人去自暴自弃，而我们却要由自己内心发出力量来，使自己由挫败中抬头。

*　　*　　*

青年人需要鼓励和帮助，了解与同情；需要给他们希望，给他们目标，让他们知道自己的方向。并且给他们机会去朝这个方向走，让他们尝到希望的甘甜和成功的快乐。

*　　*　　*

适度的刺激可以激发一个人的志气，使他产生一种奋发有为的力量。过多的刺激却会使一个人失去自信，变为麻痹，不想上进。

善 恶

　　一个人假如勇敢地去生活，他这一生，事实上不只是"一"生，而是好"几"生。把过去的一切统统让它埋葬，从头开始，换一个环境，换一个新的姿态来生活，只要你有魄力，你会办得到的！

*　　*　　*

　　每个人都可能做错事，只看他怎样去悔悟，怎样去忘记，怎样去重新开始。不要把自己偶尔的过错看为不可饶恕的罪行。

*　　*　　*

　　谁都有错。错了之后，第一步是悔悟，第二步是重新找一个起点，不再犯同样的错。第三步是忘记自己因错误而来的耻辱，不要一味地责备自己！

*　　*　　*

　　时常想到父母，我们便不致自暴自弃。

*　　*　　*

　　上帝是无形的，良心是难以捉摸的，但我们只要能时常想到自己的行为是否对得起父母，就不易走入歧途。

*　　*　　*

　　不要把自己的身体随便糟蹋，不要把自己的姓名列入作奸犯科的名单！因为那样会牵连到我们的父母，令他们伤心和被人耻笑。

*　　*　　*

有崇高理想的人是不肯轻易浪费他的生命的。他知道，在他短促的一生中，有待完成的事很多，因而把人生途程上所遭遇的一切挫折和打击，视为不值一顾。他也绝不浪费时间和精力去斤斤计较俗人的爱恨或恩怨。

*　　*　　*

凡一种不正当的行为，只要习之已久，就可能被视为当然，积非成是。最后，它能麻醉全部的是非心，泯灭全部的良知；把以前认为可耻的行为看做值得，而不再有任何不安之感。堕落就已深了！

*　　*　　*

没有人甘心堕落。一个堕落的人，在一开始的时候，会像失足掉在水里的人一样，他并没有马上放弃回到岸上的希望和努力。只是当他发现没有人对他加以援手，而他是越飘越远的时候，他就慢慢放弃他的希望和努力了。

*　　*　　*

一切坏事都是第一次开始做的时候最拿不定主意，最难。可是，当他做过一次之后，他就会把这事看得很平常，以后再犯的机会就多了！

*　　*　　*

一个人离开正常生活越远，就越会觉得自己目前的坏行为是一种聪明和进步，而把正常生活着的人们看为落伍或迂腐。

* * *

当一个人堕落到没有人肯再对他提出忠告的时候，他那是非的观念就完全模糊了！因为这时正直的人都对他退避三舍，邪恶的人反而是他的朋友。

* * *

堕落的路是一条很奇怪的路，当你沿着它走去的时候，似乎离你出发的地方已经很远，但是，假如你一旦下了一个无比的决心，想要回来的时候，只要一回头，便马上会发现那熟悉的亲友、熟悉的事物和熟悉的生活，在向你微笑着伸出他们友谊的手。

* * *

一个人不能分辨是非善恶就是愚蠢。一个不能分辨是非善恶的人而有才能，这才能就会变成他的帮凶。

* * *

能觉悟到今天的自己比昨天的自己清醒而进步，那是一种快乐。很难得有这种快乐的，你要重视这点快乐！

* * *

对已经改过的人，我们要慷慨地忘记他的过去，把他当一个正常可交的朋友，帮助他重建生活的勇气和信心。对那些正在错路上留连的，要尽力给他点忠告，给他一点影响的力量，使他借你之助，及早回头。

* * *

一失足虽然可以成千古恨，但只要能及时回头，仍然可以找到正常生活的起点。十年二十年的岁月，我们可能很轻易地混过，假如用这十年二十年的时间，重新建立光明正常的生活，是足够用而且有余的。

*　　*　　*

我们常听人说，一失足成千古恨。一失足之所以会成千古恨，是因为社会往往不给一个曾经走错路的人自新的机会。使他一步走错之后就会步步走错。希望我们能对一些人的过失，给以适当的宽恕和同情，使他们有机会重过正常的生活。

*　　*　　*

隐恶扬善并不只是个人修养的表现，它更有着转移社会风气的力量。多宣扬好事，而不要去描述坏事，一般人自然就减少了受坏人坏事感染的可能性。

朋友之间

交朋友不是让我们用眼睛去挑选那十全十美的,而是让我们用心去吸引那志同道合的。

* * *

赢得朋友的方式很多,喜欢交际的人有喜欢交际的朋友,他的朋友很多,但品流不齐,而且缺少知交。个性孤癖的人有个性孤癖的朋友,他的朋友很少,但有一个是一个,而且是真正了解他的。

* * *

我们不一定要很多人来附和我们,我们宁愿曲高和寡,也不要流于低俗。

* * *

保持你的个性,不要人云亦云。

* * *

友情是很珍贵难得的一件东西,我们可能在千百人中,找不到一个真正的朋友,可是,这正像开凿油井一样,只要你找到了一个,你就一生都不会贫乏了。

* * *

友情是一种互相吸引的感情,因此它是可遇而不可求的。

* * *

把快乐寄托在别人身上，总难免会失望。一个人假如没有一点适当的方法来安排自己的生活，他即使"求"来了一个朋友，也仍然会常常感到痛苦、失望和紧张的。

* * *

交朋友要靠平时。友情是一种最需要小心积蓄和保存的财富。你不能到用得着朋友的时候才去交朋友，而要在平时，用无所谓的心情去交朋友。朋友之间如加入了功利的目的，那么，这种友情必定受不住考验。

* * *

你交到什么朋友，是要看你自己以哪一种出发点去找朋友。注重情谊的人，对那喜欢功利的人自然会敬而远之。对那以功利的标准去选择而得来的朋友，我们自然不能再在情谊上去对他苛求。

* * *

我们要交志趣相投的"同道"的朋友，这种朋友才可以和我们在一起谈抱负，谈志愿，谈彼此心中的烦恼，谈问题，才可以患难相助，安乐相共。

* * *

交朋友时，如果一开始就以"对方是否有用"的标准去衡量，那就难怪你会对友情失望。"同道"的朋友往往并不一定在实际上"有用"，但他可以在必要的时候，出全力来支持你。

* * *

"同利"的朋友，在你们互相有用的当时，可能相处得很好，但既然这友情是建立在利害关系上,那么,一旦你在他心中的利用价值消失了,他当然就用不着再来和你交往了。

* * *

不要因为要"用"朋友,而才去交朋友。而要因为"爱"朋友才去交朋友!这样我们对朋友就不会失望了。

* * *

世上没有十全十美的事,也没有十全十美的人。你如拿了十全十美的标准去衡量环境,去选择朋友,你就一定会失望。

* * *

我们是人,而不是神。对人们不必苛求,对自己,也不妨存有几分原谅。失望的机会自然少了。

* * *

一个人不随便交朋友不算缺点,但是,交了朋友,而对这个朋友挑剔苛求,那才是不懂得朋友二字的意义。

* * *

有人用感情交朋友,有人用理智交朋友。用感情交友的人,对朋友的好处和缺点一律钟爱,对朋友的错误也大量宽容。用理智交朋友的人对朋友是非分明,但也正因为他的诤言直谏,会使朋友得到更大的益处。这两种人交友的态度虽然不同,但他们对朋友的诚意则是一样的。

* * *

与朋友交往,千万不要存着一定要占尽上风的念头。人们多半是因为寂寞才需要朋友，应该多给朋友发表意见的机会。

* * *

交朋友是双方互相付出善意、宠爱与关心的。这样彼此在一起时才会觉得自由和快乐。

* * *

精神上的压力最苦恼。不要对别人存有成见和敌意。解除了对别人的戒备，你会发现，生活的境界开朗多了。

* * *

要把"信"和"爱"做为待人的基本信条，不可对人运用权术。

* * *

与人坦诚相见，人们会了解你的优点，而原谅你的缺点；待人矫饰诈伪，人们会把你的优点看做假的，把你的缺点看做你的全部。

* * *

人越老大，真朋友越难得。这是因为失去了那不计一切的赤子之心的缘故。

* * *

一旦你懂得由别人的环境（而不由他的本人）去观察他的时候，你就不易再获得真正的朋友了。

* * *

一切零星片段的处世哲学，归根结蒂，都是以顾到别人自尊为出发点的。

＊　　＊　　＊

一个处处顾到别人的自尊心的人，他不但可以获得真正的朋友，而且他可以成为一个成功的领袖。

＊　　＊　　＊

一位优秀的老师，一位懂得教育的家长，一位成功的主管，都一定会运用适当的鼓励去使他们的学生、孩子或属员们增加自信，而获得教育上的效果或事业上的成功。

＊　　＊　　＊

一个人快乐、进取和积极，只是因为他从不怀疑自己。

＊　　＊　　＊

工于心计的人只有遇到工于心计的人，才可以有机会施展他的专长。但如遇到一个坦白豁达、高瞻远瞩的人，他的一番心计就没有用武之地了。

我们应把心力用到远大有益的事物上去，而不要像一匹蒙着眼睛的驴子那样，围着一个磨盘去兜那转不尽的小圈子。尽管在狭隘的生活圈子中也可能有所收获，但那决不是有抱负的人所能认为满足的收获。

＊　　＊　　＊

"鼓励"是为你肯定了你所假定的目标，让你有力量和信心去继续走向这更为明确、更为真实的目标。

＊　　＊　　＊

让我们随时都准备做一个倾听别人申诉的人吧！当你的朋友或同事

推门进来，向你说，他这些天心里很烦的时候，即使你忙，你也该暂时放下你的工作听听他的述说，他是会感激你的。

* * *

需要帮助的人很多。有人拿物质去救济别人，有人用精神的力量去支持别人。当你能付出这些的时候，请你不要犹豫。你常常想不到，这在你是轻而易举的小事，对方却受惠无穷！

* * *

不要固执地以为一切人都不如我们，不要以为只有某些人才配做我们的朋友。去试着和你所认识的随便什么人谈谈，他都有一些你所不曾经历过的经历，都会说出一些你所不曾体味过的人生的道理。这些经历，这些人生的道理，就都是你自己生活的一些参考，也都是一些值得你去深思的问题。

* * *

在自己能力范围之内尽力，不贪心，不妄求，以诚心待人，不求自己压倒别人，只希望自己能为别人做些有益的事。这样，你自会心平气和，用不着因自己不如人而感到自卑和难过了。

风 度

  风度是由一种丰富的内在外铄到你的言谈举止，所形成的一种光辉。

*   *   *

  多读一些书，让自己多有一点自信，加上你因了解人情世故而产生的一种对人对物的爱与宽恕的涵养。那时，你自然就会有一种从容不迫、雍容高雅的风度。

*   *   *

  光是读书，有时也难免为书本所囿。有些人迂阔拘谨，是太信书本所致。所以不但要读书，而且要把书本消化选择，尽信书不如无书。

*   *   *

  除了书本上的知识之外，我们更要明白"常识"的重要。只有学问而无常识，与人谈话时，会缺少轻松平易的话题。有你在座，空气即会紧张严肃，成为不受欢迎的人物。所谓常识，包罗万象，一切都该去留神知道，才可使你活泼风趣，谈起话来左右逢源。

*   *   *

  要想使自己有风度，第一要有"你自己"。有人太注意迎合别人，而忽略了自己的主见与个性，使他成为毫无特色、毫无韵致的人，在风度上也会失败。

　　　　　　　＊　　＊　　＊

　　在举止方面如要自然,要靠你的自信。不必过于注意自己举止如何。太注意了,反会手足无措。

辞　令

不喜欢说话的人，往往用思想的机会多些。冷眼观察人生世相的机会也多些。反而比那些喜欢热闹的人能了解和体会到更多的事物。所以，性情内向的人不必故意勉强自己去学别人的谈笑风生。

* * *

朋友并不完全是靠言词交来的。真正的朋友所爱的是你个性中的美点与特色，而不是你的辞令。

* * *

言词不过是帮助我们表达自己思想与情感的一种工具。所以，主要的还是看我们是否有值得表达的思想和纯真的情感。如果一个人本身空无所有，单靠美丽的言词也并不能使他获得朋友的爱戴。

* * *

许多真有学问的人并不见得是很擅长辞令的人。但是，哪怕他们只是静静地坐在那里听别人谈话，你也会觉得他的在座使你们的谈话增加了意义。你也会觉得他那不多说话的态度正是一种可敬的含蓄。

* * *

不擅长讲话比毫无目的地乱讲要好得多。

* * *

假如你真的为自己不擅辞令而感到困恼，我建议你，不妨先从和你要好的朋友单独谈天做起。单独谈天，可以使你不太紧张。慢慢的，你可以得到一点经验，建立起一点自信，多少总可以使你进步一些。

* * *

年轻人不喜欢说话或不长于说话是常见的事，认真说来，那也正是年轻人可爱的地方。

应　酬

　　要训练自己做一个高明的听者。因为，给别人发表意见的机会是你对他表示关切与尊重的方法之一。

＊　　＊　　＊

　　沉默寡言的人往往有丰富的内涵。对这样的朋友，你要先去了解他，而后才可以找到他所关心的话题，引起他谈话的兴趣。

＊　　＊　　＊

　　年轻人有时为礼貌发窘，这是谁都难免的。因为在有些场合，人们把你当大人，可是在另一些场合人们又忘了把你当大人，而把你当孩子，这时你就想要装老成也没有机会。所以，最好的办法还是听其自然，如果你觉得说不出话来，就笑笑也一样可以表示礼貌。

＊　　＊　　＊

　　每一个年轻人都有过受窘的经验。好在我发现，如果人们趣味相投，就不应酬也一样可以常在一起，有说有笑。至于那些让我们发窘紧张的场合，如果非去接受考验不可，当然只得硬着头皮去受罪一次。假如失败，也不必放在心上。我常觉得我们这一生该用心的事情实在太多，不可能面面俱到。在某一些人面前或某些场合之中不能适应，就马马虎虎随它去，也不算是什么大不了的缺点。

＊　　＊　　＊

　　人是群居的动物，与世隔绝的生活是找不到的。所以，有许多时候，我们不能在表面上过于强调自己的个性。

*　*　*

应酬是难免的，在你不得不参加的时候，你要想到那等于是在演戏。演得好坏，你可以不要去管他。反正你不准备一辈子演那种无聊的戏。演过就算了，回家之后，也用不着再去检讨自己扮演这个角色的得失。希望自认性情内向的人能用这种心情去参加应酬。

*　*　*

你在应酬的场合，觉得紧张、苦恼和失败，那是因为你太注意自己了。如果你不过分地希望自己在应酬的场合出类拔萃，不过分地希望自己胜过别人，那你就可以有闲情去注意别人的形形色色，而不会把注意力集中在自己身上，使自己拘束紧张了。

*　*　*

人生如戏，在积极的意义上来说，这句话当然不能成立，但是在应酬的场合，那真是一场一场的戏。只要你别把自己沉迷其中去苦恼紧张，你仍会从中得到许多乐趣。

*　*　*

知人者智，自知者明。先要知道自己的性情，自己的爱好，然后才可以知道自己所喜欢接近的是哪一类型的人。

*　*　*

应酬交际之所以使你精神紧张，并不是因为你不喜欢朋友，而是因为那些人根本不一定是你的朋友。

原谅·宽恕

假使凡事都能设身处地为别人想一想,人与人之间的纠纷就会减少很多。

* * *

事缓则圆,对那些可能发生冲突的问题,不妨兜兜圈子,早晚会达到目的,不必争在一时。

* * *

人与人之间,误会在所难免。有了误会,千万不要僵持,由自己主动地向对方解释,使对方明白真相,可以化戾气为祥和。

* * *

当别人好意向我们来解释误会时,不可矜持固执。辜负了对方的好意,伤了对方自尊,失去了难得的朋友。

* * *

人与人之间需要同情和原谅,你能同情人,就能原谅人;能原谅人,自己也就快乐了。

* * *

当有人同你争吵的时候,假如你能够心平气和地诚恳地向他表示,你不想和他争吵,不但不想和他争吵,而且你是他的朋友。使他相信你,并且安静下来，听你解释事情的真相，你们可以化敌为友。

*　　*　　*

我常常发现一些喜欢大发脾气的人，心理上都有点自卑的倾向。为了掩饰自己的胆怯、无能和弱点，就先发制人地去找人争吵。事实上，有许多纠纷都是可以和平解决的。对那些喜欢找你麻烦的人，也不妨多存几分悲悯和原谅。

*　　*　　*

和气致祥，能以和气的态度待人，以超然的态度处世，烦恼必会减少，你也就可以把心力用在有意义的事情上去了！

*　　*　　*

宽宏大量是一种美德。它是由修养和自信、同情和仁爱组成的。一个宽宏大量的人快乐必多，烦恼必少。

*　　*　　*

暂时的忍让，会换来长久的平安。

*　　*　　*

让我们尽量相信，每一个有坏处的人都有他值得人同情和原谅的地方。一个人的过错，常常并不只是他一个人所造成的。

*　　*　　*

人与人之间如谈报复，一切冤怨都将没有止境，天下必定大乱，人间也必充满了怨毒和恐怖。

　　　　　＊　　　＊　　　＊

　　有许多事情是不应该急于去采取行动的。往往事情在开始的时候,是在一个混沌的阶段,一时看不出其中因果。这时,我们需要的是静下来等待,等待事态澄清。澄清之后,才可以看出它的来龙去脉,才可以明白怎样去寻找对策。才不会在慌乱中,凭一时意气,采取了不正确的措施。

含 蓄

如想避免别人的嫉妒,唯一的办法是使自己不要太锋芒。不要太锋芒也就是含蓄。你有十分本领,在表面上,只须表现五分。如果你美貌,你就要穿得朴素。如果你聪明,你最好少在人前炫耀你自己。

* * *

太露锋芒招人嫉妒,招人嫉妒,前途必有暗礁。不如收敛些,无人防你,成功反而快些。急于表现自己者眼光未免浅短,难成大事。

* * *

你可以独来独往,但不能让人觉得你有敌意。你可以自鸣孤高,但你不必使别人觉得你瞧不起他们。

* * *

最有力的辩论是无言的微笑。

* * *

"潭水静默,浅流乃潺潺作响。"要做潭水,别做浅流。

弱点·嫉妒

　　一个人最要紧的是要有自己的本色。要发挥自己的长处。用自己的长处去冲淡自己的弱点，比用尽心力去设法补救自己的短处更容易使你得到成功和快乐。

* * *

　　人的好处与缺点是一体的两面。对待别人，我们固然应该重视他的长处，原谅他的缺点；对待自己，也不妨在努力自修之外，对自己那不容易克服的弱点，存着几分宽容。这样，可以减少拘束紧张、举止失措的毛病。

* * *

　　怕羞是过分注意自己的结果。试试看，去注意别人，而不要太注意自己。别总担心自己给别人的印象是好是坏，这样可以使你轻松下来，态度就自然了。

* * *

　　身体上的缺陷有时会成为一个人发愤图强的原动力。当一个人身体方面有不如人的地方时，如果打算与别人公平竞争，或胜过别人，就必须在精神方面多去充实。中外古今，有很多这类的实例。造物主为每一个人都准备了适于他走的路，只看他是否认真地去找。

* * *

　　置身逆境、遭逢变故的人，如能逆来顺受，把已经绝望的索性放弃，而把自己所有的聪明才力和心智，尽量转移到其他方面，这样，他虽残缺，仍是个强者。他仍可能是个成功的人。

* * *

一个人是否尊贵，不在他穿什么，戴什么，不在他吃什么，住什么，而在于他怎样思想，怎样行动，怎样让人由小地方看出他的教养。

* * *

人生难免有拂逆的境遇。既然不可避免，就不如以泰然的心境，坦荡的襟怀，从容应付。不但可以顺利度过，反而还可由其中领悟到一些哲理。

* * *

不管自己遭遇如何，总要尽力使自己的情绪维持镇定和平衡。欢乐时固然不必忘形，愁苦时也不可过分。因为时光不停地飞逝，一切喜怒悲欢终会逐渐褪色，变成陈迹。

* * *

不要事事都和别人竞争。喜欢嫉妒的人多半都是因为他希望自己样样都比别人好。但事实上，这是不可能的。一个人能有一样比别人好，就已经不容易。那么除了这一样之外，别人胜过你的地方，你就应该心平气和地接受。要相信，这是很公平的，你就不会再去嫉妒了。

* * *

如果我们能多同情别人，多为别人设想，就能把自私自利的念头抛开，用学习和观摩的精神去承认别人的长处。要相信，世界这样大，你决不可能样样都凌驾别人之上。尽量在自己擅长的方面去求发展，不求压倒别人，只求尽自己最大的努力，完成自己天赋的使命，就可以心平气和了。

*　　*　　*

要多有点自信，有自信的人是不嫉妒的。

金 钱

凡事如在金钱利益上着眼，就难免在人情道义上有几分刻薄。有了物质享受的人，势必要放弃掉许多精神上的自由和心安理得的快乐。

* * *

一个人假如除了赚钱享受之外，没有其他，他的生活必然缺少乐趣。他会失去真正的朋友，换来一群趋炎附势的小人。他会缺少真正爱他本人的人，而只剩下那些爱他金钱的人。

* * *

人们都说"钱能通神"，我恐怕这个说法是太乐观了一点。由许多的事例都可以证明，太多的钱所通的并不是神，而是罪恶。

* * *

不管人们认为现代生活是怎样的需要金钱，可是，在我们教育子弟的时候，仍然要使他们相信，工作和兴趣才是一切，金钱报酬应该是附带的东西。

* * *

唯有那不注意物质上的缺憾的人，才可以集中力量去追求精神上更可贵的东西。

* * *

人与人之间，金钱往来也很难避免。所以，当你开始和人发生债务关系之前，就应先有心理上的准备。假如对方是朋友，那么，你不要为金钱而失去朋友。这笔钱借出去之后，还也好，不还也好，就不要再存心去计较。

* * *

量入为出，这是生活的一大原则。赚得少花得多，难免东挪西借，一切烦恼都将由此发生。

* * *

物欲是没有止境的。安于俭素的生活，不贪心，不慕虚荣，不妄想非分的享受，生活中自然会有恬淡安适的乐趣。

* * *

金钱虽然是身外之物，但是因为它对每一个人都有用，所以我们仍要尽最大可能，以正当方法赚取，并且俭约地使用。

不要接受别人的金钱。尤其是为了一时的虚荣或排场，去用别人的钱，将来就算能够设法偿还，也必相当苦恼。如果没有办法偿还，那么那一时的虚荣和排场就抵不过日后的苦恼和麻烦。

* * *

"不做亏心事，不欠别人钱。"尽管生活苦一点，但是，心情松快，睡也安然，走也方便。这种松快、安然和方便，是金钱所买不来的。

忘　忧

每人都有时会对生活失去信心的，问题是你是否有足够的力量在适当的时候使自己重新振作。这点力量就是促使一个人成功的原动力。

* * *

找一个新的朋友，或和你其他的朋友多来往，不要把自己闷在狭小的生活圈子里，可以帮助你忘记那令你失望的人。

* * *

不值得回忆的事之所以常常萦绕脑中，不能忘去，是由于生活太闲散和太单调所致。在这种情形下，你应该为自己找点事情做，或者出去走走，使生活有变化。生活有变化，那原来令你困扰的事就不会再显得那样突出和重要了！

* * *

一个人如果肯对自己所有的一切，抱着一种知足感谢的心情，就不会抱怨命运待他不公。一个人如果能多想到自己对别人所应付出的感情或力量，他就不会觉得这世界没有他的容身之地，也就自然会觉悟到生命的另一种意义。

* * *

要用乐观的态度来解释这世界。因为只有当我们认为它好的时候，它才好。假如我们处处想去拆穿它，想去揭发它不好的地方，那我们就难免失望了。失望徒然增加我们的烦恼，减少我们的活力，对实际生活却毫无补益。

＊　＊　＊

生活中本来就是苦多乐少。如果我们自问，在日常生活中还有一些，或曾有过一些值得我们欢欣鼓舞或留恋沉醉的事，那就已经应该高兴。对一些不可避免的挫折或打击，也就只有处之泰然了。

＊　＊　＊

当一个人心情痛苦的时候，往往会羡慕其他的人，认为能像别人那样无愁无虑，该有多好！其实，他没有想到别人也有痛苦凄惨的时候，而他自己也曾在不知不觉中被别人羡慕过。心情是会变的，痛苦是会过去的，快乐是会再有的。不要以为一时的黯淡就会永远也见不到光明。

＊　＊　＊

生活中不可能没有一点忧愁，不过，有的人比较善于排遣，比较看得开而已。眼光放远一点，得失看淡一点，忧愁的分量就可以减轻一些了！

＊　＊　＊

希望不能没有，但不要太奢望。不要希望那些自己所够不上去希望的事。本分一点，知足一点，忧愁也就可以少一点了！

＊　＊　＊

不要顾虑太多，不要把事情看得太严重。想想看，你的朋友中大概总会有一两个开朗豁达的人。看看他们怎样处理那些值得发愁的事。平常，你也许会笑他们太不严肃，但是，在面临忧愁的时候，他们的态度却值得你去学习。

忘　忧

宁　静

"韵味"是一切艺术必备的条件，缺少这一条件，格调就低了，生活也是如此。

*　*　*

肉体的存在是短暂而又局限的。精神的活动是永恒而又广远的，你如不甘使自己庸碌一生，你就要在精神方面去多追求。

*　*　*

一个人能有真正静下来的、属于自己的、不受外界干扰的时间，是一种难得的幸福。因为唯有在这个时候，你才是属于你自己的。你才可以做自己的事，想自己的思想，温习自己的旧梦，计划自己的将来。

*　*　*

每一首音乐都是一首诗，每一首诗和每一首音乐也都是一幅画。只要你懂得欣赏，在它们之间，你都可以发现一种共通的值得欣赏之处。

*　*　*

绝对的美和纯白的爱是信则有，不信则无的。你相信它有，它才有；你不相信它有，而要用现实的眼光去把它拆穿，去把它分析，它就会幻灭。

*　*　*

最好不要用现实的眼光去分析你认为美的东西。有时不妨故意避免去看破那些本来应该看破的东西。

＊　　＊　　＊

我们最好能一方面过生动活跃的生活，一方面有宁静沉思的机会。这样我们才不致成为只知劳动而不用思想的机器。

＊　　＊　　＊

我们固然经常需要用清醒锐敏的眼光去认识世界，了解人情，但我们也有时需要一点薄薄的烟雾来润饰粗糙的景物，和不完美的人情。它能使我们心境更超然些，对一切的喜怒哀乐也都可以更看得淡些。

一切痛苦或欢乐，失望或悲哀，当它成为回忆的时候，就有了雾里看花的朦胧之美。当时的痛苦或欢乐，失望或悲哀的心情，也就都成为值得欣赏的心情了！

＊　　＊　　＊

时间可以做很多好事。当你不了解一个人的时候，你不妨等时间来帮你了解他；当你不知事情将如何演变而忧虑的时候，时间也常常会意外地告诉你一个很轻松的答案。

＊　　＊　　＊

大树是植物中的哲学家。它可以告诉你，人生的短暂、宇宙的永恒。它知道世事演变是怎样的无常，更知道一切的争名夺利、贪欲、嫉恨，到头来是怎样地消灭得无影无踪！

＊　　＊　　＊

不要说人生没有乐趣！请听听那些音乐，想想那清澈的水，悠闲的云，宁静的月，以及一切你所爱的和爱着你的。人生可留恋的东西不是很多吗？

* * *

雾里看花，云中望月，都有一种朦胧之美。有时，我们需要一点烟雾，去把粗糙的现实软化，使它看来柔和些，会多有一些美感。

* * *

每一种感情都需要一点故意不去看破的执迷，让我们尽量往好的一面去想吧！

* * *

生活里，没有让你烦心的问题，没有金钱上的得失，没有名誉地位上的困扰，没有人事方面的磨擦与纠纷，这就是快乐的生活了。

* * *

天地就是我们的家，天地间的万事万物都是我们欣赏的对象。不要总抱怨生活无聊、单调或贫乏，只要你懂得体味，你可以在别人所见不到的地方找到乐趣。

* * *

为了生活，我们不能不忙，但是别忘了给自己精神上找点清凉的机会。静下来，看看远山白云，听听雨滴风声，生活所带给你的烦倦就会慢慢消失。

淡　泊

宁愿在注重功利的人面前做傻瓜,也不要被注重精神的人骂我们现实。

* * *

财富并不会给人们带来真正的幸福。时常,我们发现,人们在没有钱的时候,很懂得享受生活情趣,而一旦有了钱之后,他们就不由自主地做了金钱的奴隶。

* * *

要避免让自己陷到物质欲望的泥淖里去。生活中有许多可爱、可欣赏的东西,有许多轻松隽永的乐趣,这些东西,这些乐趣,往往并不是金钱可以换来的。

* * *

一个人物质上的欲望越少,精神上拥有的自由越多。如果我们把一切的物欲、名位等等得失放开看破,使自己安于淡泊俭素不求闻达的生活,心情自然就宁静了。

* * *

不要以为钱是好东西。一切物质上的需求都是过犹不及的。刚好够用、不虞匮乏的生活,是最理想的生活。超出这个范围之外,苦恼就多了!

＊　　＊　　＊

　　一个人的心力精神一旦完全被物欲征服，受到外界无谓的滋扰，他心中就没有余地再去容纳天光云影了！这损失岂是金钱所可以换得来的？

　　　　＊　　＊　　＊

　　维持生活并不需要很多的钱，问题只在有些人太注重奢靡享受了，结果就为物质的享受而付出了自己。

　　　　＊　　＊　　＊

　　财富是靠不住的，今日的富翁，说不定是明日的乞丐。唯有本身的学问、才干，才是真实的本钱。

　　　　＊　　＊　　＊

　　假如一个人能自然而然地安于简单朴素的生活，穷困的日子对他的压力就会轻得多。

　　　　＊　　＊　　＊

　　如果你根本不想得到，你就不会有失去的痛苦。对一些不是我们分内应有的东西，最好不要去贪心妄求。世间有些东西是值得我们下功夫去追求的，有些东西是用不着去为它花心思的。一个人，在这一生中，只要尽了自己应尽的力量，做了自己应做的事，使生命没有浪费，其他的东西都是可有可无的。

　　　　＊　　＊　　＊

　　赚钱是维持生活的手段，而不是人生的目的。一个人只要能有足够的钱，可以买到他生活中所必须的东西，就是富裕的生活了。不要让自己去做金钱的奴隶!

*　　*　　*

事情如意与否,要看自己怎样去衡量。过多的、不自量力的奢望,自然不容易如愿以偿。本分些,量力而为,如意的机会自然也就多了。

*　　*　　*

简单朴素的生活可以使我们不沉迷于物欲的追求和享受。可以使我们把心力用来追求高尚远大的目标,这才是理想的生活,这样才不致浪费了大好的时光和宝贵的生命。

*　　*　　*

有些人终年孜孜为利,所求无非是物质的享受。但他们在精神上却是紧张困扰,劳碌贫乏的。真正懂得生活的人,一定知道怎样避免让自己做物质的奴隶。

*　　*　　*

追求物质的人,所得越多,越不满足。但是,一个懂得享受精神生活的人,他即使在最低限度的物质生活中,也能领略到海阔天空心安理得的快乐。

豁达·洒脱

当你遭遇到不如意事的时候，尽可把它看做一幕戏或一段小说，而你不过临时做了其中主角而已。那样你将会反而觉得有所收获而感欣慰。

* * *

一个人如有一项别人所比不上的专长，就算是得天独厚。有了这项得天独厚的专长，你就不必觉得生活没有希望。

* * *

人的一生时间太少，旁枝末节的小问题，能放开就放开算了，用不着花那么多的时间去为它忧虑感伤。

* * *

有些痛苦是徒然无益的。既然明知道你的痛苦改变不了事实，那你为什么不想开点呢？

* * *

我们固然不能糊里糊涂地浪费光阴，但也不必对一切事都过分地认真苛求。最好的生活态度应该是，在认真严肃的一面之外，仍有豁达洒脱的一面。

* * *

有些问题是我们可以解决的，我们就该尽量想办法去解决。能用自己的力量去解决而不去解决，那是懦弱与不负责任的表现。有些问题是我们的力量所解决不了的，对自己无能为力的问题而偏偏不肯放下，那就是想不开。希望我们都知道在什么情形之下负起责任；在什么情形之下，确实明白自己的立场和权限，做一个清醒而明智的人。

※ ※ ※

每人都有遇到烦恼问题的时候，但烦恼迷惑并不能解决困难，唯有清醒达观，才可以明白什么是应该去尽力克服的，什么是根本不值得去费心思的。

※ ※ ※

一般人之所以为生活中的琐事烦恼，都是因为既拿不起，又放不下。既没有魄力与勇气去承担和解决困难，又没有真正豁达洒脱的精神去摆脱困难，所以才牵丝攀藤，一天到晚陷在困扰之中。

※ ※ ※

当我们能活动的时候，不要放弃活动的机会。一天到晚坐在那里不动，不但身体失去了活力，精神也会觉得衰老。

※ ※ ※

一切事都是这样，你急于去求，就会得不到。放平淡些，反而不求也来了！（在恋爱方面，你也应明白这个原则。）

※ ※ ※

人是大地的产物，请试着去了解自然，它会使你胸襟开阔，眼光远大，人格崇高。

      ＊ ＊ ＊

  退出人海，做一回旁观者，会使你懂得一些别人所来不及发现的道理。

      ＊ ＊ ＊

  人们自古就向往着神仙的生活。其实认真想来，所谓神仙的快乐，也无非是能超然于肉体的、物质的、功利的需求之外，而不受任何限制的快乐。人越能脱离物欲的需求和功利的约束，就越觉得快乐。

      ＊ ＊ ＊

  莠杂的东西总比优良的东西显得热闹。挤在低矮的墙角边熙熙攘攘的小野花，早晨开过，晚上便消失了，它们永没有机会了解千百年的参天古木所经历过的沧桑。

      ＊ ＊ ＊

  快乐的人有两种。一种是真正了解宇宙人生，而把一切都看为值得欣赏和宽容的人；另一种是热爱生活，不懂烦恼为何物的人。因此，要么你就真的看透，否则，你该多保存一点执迷。

快乐小语

　　世上没有比快乐更可贵、更为人们所普遍追求的了。我们的问题是，常常不知道如何认识及把握快乐，又有时不知道如何从不快乐之中去发现或提炼快乐。

*　　*　　*

　　合群是一种快乐。无论自己以为多么喜欢孤独的人，当与许多人携手并肩，用同一节奏奔赴同一目标时，也会觉得心情振奋。

*　　*　　*

　　人们常说，童年最快乐。通常我们只想到，那是由于童年无忧无虑。事实上，童年的快乐更是来自对环境由衷的欣赏和对人间的信心。

*　　*　　*

　　人们说，孩子们天真无邪。这"无邪"两个字用得最好。因为他们对环境没有恶意，不存戒心，所以一切快乐反映在他们心上都是真正的快乐，一切善意反映在他们心上都是真正的善意，不会有任何阴影，这才是人生最可贵的一份。

*　　*　　*

　　从别人的快乐之中去证明自己人格的光明与胸怀的坦荡，是最值得快乐的事。

＊　　＊　　＊

　　每人都希望自己的生活能够快乐。但我们总会发现，快乐并不能依赖外在的环境，而要靠自己的内心。我们要有一颗能容纳快乐的心，快乐才会降临我们。

　　　　＊　　＊　　＊

　　追求完美是做事的最高目标，容纳缺陷是做人的起码美德，做事应该要求十全十美；待人却要多存宽厚，不必苛求。

　　　　＊　　＊　　＊

　　对人不苛求，自己才会快乐。

　　　　＊　　＊　　＊

　　由宽大平和之中认识这世界的可爱和可颂赞之处，才不辜负这难得的一生。

　　　　＊　　＊　　＊

　　我们的生活是否美满，人生是否可爱，前途是否值得期待，不能全靠环境来给我们证明，而必须要靠自己的信念。要我们承认生活美满，它才美满；觉得人生可爱，它才可爱，相信前途值得期待，它才值得期待。

　　　　＊　　＊　　＊

　　有人一切都不缺乏，但是他不快乐，有人什么都不比别人好，但是他快乐。原因就在有没有这分对世界的信心与对现实的认可。

　　　　　　　＊　　＊　　＊

　　所谓对现实的认可，是说，我们要承认，生活中不会只有快乐，而一定还有痛苦。不单是有成功，而还会有失败；不单是圆满，而还有缺陷。这样，我们才会在顺境时，格外觉得感谢；在逆境时，也承认这是理所当然。

　　　　　　　＊　　＊　　＊

　　当你真正能静下来，看到自己内心苦乐的时候，会有一种接近宗教的心情，你会觉得，这一天，如果快乐，固然值得欣慰，即使痛苦，也值得感谢。因为只要我们心情真正的宁静，痛苦会逐渐变成一种指引，告诉我们，这是人生必不可免的经过，也告诉我们，这会使自己更坚强、也会成熟一些，明天会不再这样，会是全新的一天。

　　　　　　　＊　　＊　　＊

　　有希望就不会觉得恐惧，这希望不是靠环境的给与，而是来自个人内心的坚毅与沉着。

　　　　　　　＊　　＊　　＊

　　现实生活对每个人都是一样，它不会厚此薄彼，每个人都有困难，每一天都需要付出一些心力，每一件或大或小的事，对我们都是一些考验，能承认这些而不想去逃避的人，才会快乐，才不会对生命途中这些必然的困难与阻力视为是自己独有的噩运，而怨天尤人。

　　　　　　　＊　　＊　　＊

　　人的快乐之中，不仅包括自己的享受，还更包括对别人的贡献。不付出辛劳，又如何能得到这些快乐呢？

*　　*　　*

虽然我们要尽量摆脱琐事俗务的牵绊，但当你发现自己必须生活在琐事俗务中，无法脱身的时候，与其抱怨，不如用欣赏的心情去体会，从这些人生世相中悟出一些道理。

*　　*　　*

我们不可能每天都很快乐，正如同我们不可能从来也不做错事。但是，我们可以希望当自己不快乐的时候，有自己所爱好的事物或活动可以寄放忧愁，化解悲哀。把灰黯的心情转变为轻快与光明。正如同当我们无意中做了错事，能有智慧及时发现，并且有方法加以弥补或改善。

*　　*　　*

把灰黯的心情化为光明，是成功的精神生活所必须。弥补过失，改过迁善，是说明一个人本质善良的最佳证言。

*　　*　　*

我们应该快乐光明地生活，但不必也无法拒绝痛苦与灰黯。我们所能做的是疏导与升华。

*　　*　　*

借艺术活动来发抒或来创造，使痛苦与灰黯不但可以消失，而且更进一步，转化为美丽辉煌的艺术上的成就，这就是情感与力量的升华。

*　　*　　*

我们每人都是一盏灯，都有一分小小的力量，可以唤醒人间的欢乐、神圣和美好，化解愁苦与怨恨。

* * *

能克服困难，超越痛苦，由困难中取得经验，由痛苦中了解人生，这都是生活上的成功。

* * *

凡事能够大公无私，无愧于心，就是光明的行为。心情上也会觉得光明正大，高贵堂皇。这种心安理得的感觉，就是千金难买的快乐。

* * *

做事避免徘徊瞻顾，犹豫不决，有信心与决心勇往直前，不但成功的可能性大为增加，心情也会觉得振奋，生活自然就充满了希望与快乐。

* * *

荣誉的得来，一定是由于所做的事公正无私，对众人有好处。否则即使成功，也不光荣。不光荣，就不会享受到成功的真正快乐。

* * *

唯有心地光明，做起事来才会理直气壮。唯有能够理直气壮地做事，才可以不怕任何阻力，积极、坚定、勇往直前。

* * *

每个人都希望自己堂堂正正，受人尊重。堂堂正正就是守礼、守法、不自私，心地光明，行为正直。

* * *

快乐是一种美德，因为它不但表现自己对世界的欣赏与赞美，也给周围的人带来温暖和轻快。

*　　*　　*

没有一个人敢说他的生活中是没有一点痛苦而只有欢乐的。但是有人能始终对人生有着乐观和赞美的心情,这是因为他们知道,不但人间万事都有它苦和乐的两面,而且由苦中提炼出来的欢乐才更是胜利的凯歌。

*　　*　　*

认真说来,个人遭遇的痛苦是局限的,而人间的希望和生存的价值是多方面的。我们要能够不着眼在狭小与局限的个人遭遇,而看到广大的空间与丰富多彩的世界,即可知道,许多我们自己引为大事的,都只不过是一些毫末。

*　　*　　*

快乐就是幸福,一个人能从日常平凡的生活中发现快乐,就比别人幸福。

*　　*　　*

每个人的生活中都充满着种种考验,不少的痛苦、打击、失望和挫折,所以快乐决不是肤浅的东西,快乐的人除了天性知足之外,大都是经过了困苦和打击,克服了灰心和沮丧,透过坚强的毅力与对善美的信心而找到了他应该快乐的理由。

*　　*　　*

一个人,即使拥有一切,但是如果他由于患得患失而心情焦虑苦闷,那也等于是什么也未曾属于他。

* * *

每个人都有感情的波动，任何人都不会对苦乐无动于衷。处理感情的方法才是真正决定一个人苦乐的最重要的原因。

* * *

对待快乐，要不致"忘形"。对待痛苦要懂得如何发抒或超越。

* * *

有人能把自己从感情的压力与绊缠之中解救出来，因此能够活得平静而快乐。有人不能做到，于是经常受着感情的左右而彷徨苦恼。

* * *

所谓"洒脱"也无非是使自己不被各种感情所绊缠，而得来的心情与行动上的轻便。

* * *

大半的悠闲是由于我们先已做了足够令自己安心、对别人无愧的事情；完成了足以向任何人交代的工作。

* * *

任何事都有一定的收支。你付出了多少，才会收获多少。付出时不一定痛苦，收获时却一定快乐。

做事之乐

你有没有发现，做事的本身就是一件很快乐的事？

当一天过去，到了晚上，你回想这一天，觉得这一天的每一分一秒都已充分利用，你会感到自己这才是真正在生活。在这静下来休息的时间里，你才会觉得快乐而安闲。

有人把做事当作一种不得不应付的责任或苦役，因此心理上先拒绝做事，结果在不得不做的过程中，就更会感到辛苦与乏味。相反的，假如你把做事当作一种学习与磨炼的机会，或想到它对人对己的帮助，甚至你把它当成一种艺术，你就会觉得它充满着乐趣，而逐渐由被动的心情转为主动的力量了。

活动可以产生更多的活力，做事的成绩可以鼓励我们做更多的事。

懒惰会使日子过得无聊而漫长，会使冷天更冷，热天更热。会使烦心的事更烦，失望与沮丧更加沉重，由于停滞不动，而使希望无从产生。

勤快的工作，增加了生活的节奏与密度。你会自然而然的就有力量冲破沉闷生活的僵局，转变生活的低调，给自己增加信心，使别人对你也刮目相看。

工作是一件很神奇的东西。它会由一件而引起许多件；使你由会做一件事，而变为会做很多事。

工作的本身可以刺激你学习的欲望、拓展的动机。而那等待成果的乐趣更使你加快工作的速度，并且设法来增加工作的效率。这都是使你一天比一天更能干、更进步、更乐观、更丰收的原动力。

即使我们目前所做的事，看似没有什么积极的作用，但它可能是日后面临某项工作时的准备，它所可能发生的作用比正面所做的事也许更大。因此，我们可以肯定地说，只要我们不停地在做事，前途就有光明。

*　　*　　*

时常，就在我们觉得最无望的时候，前途会豁然开朗，大放光明。那说明，正是因为我们未曾在接近目标时因失去耐性而停止工作，才使那长途的准备有了机会结出果实。

*　　*　　*

有一首描写音乐，曲名"林中铁匠"。听听那首音乐中清新嘹亮、坚定愉快的打铁的节奏，你会觉得工作的本身就象征着勤快与健康，使你深信，一个人只要肯付出力气去工作，不必任何外在的鼓励，就能够有发自内心的快乐与自信。

*　　*　　*

任何成绩都不是一步可以达成。越是有分量的工作，越是需要准备的时间。每一分准备都会在必要的时候发挥一分力量。

*　　*　　*

贪图急功近利的人往往不等事情准备成熟，就忙着揭晓，结果即使看见一点结果，也必不够成熟，更难维持久远。

*　　*　　*

如要使生活有保障，储蓄金钱当然最为重要。但更重要的还是储蓄学识和技能。储蓄金钱只是消极的、局限的准备。储蓄学识和技能才是积极的、可以应付任何环境的准备。

*　　*　　*

情愿让日子过得忙迫，也不要让日子过得无聊。

* * *

避免使日子无聊的办法之一，是让自己有目标。当一个人知道自己要做什么，和所要去的方向的时候，他的生活就有重心，就不会感到无聊。

* * *

忙碌虽然使人觉得累，但精神上会有振奋、轻快、焕发、有活力的感觉。相反的，如果一整天无所事事，单是那彷徨无主的无聊之感，就足以形成一种压力，成为精神上沉重的负担。

* * *

当每天早上醒来，如果你有事可做、有计划、有目标，那么，第一个念头来你心中的，将是开始工作，而不会是觉得意志消沉和懒散。尽量把生活充实起来，使每天都有足够的工作项目，是使精神畅旺的最佳途径。

* * *

我们常把生活的目标解释为"远大的"或"郑重其事的"、"严肃的"目标，而忽略了生活中许多小小的项目都有它们本身的目标，都是使生活充实所不可少的项目，如果我们不忽视这些小项目的重要性，生活就可以充实、丰富，而且快乐。

* * *

生活中许多小项目的完成就是大成绩的基础。更是使精神振作、心情愉快的最佳途径。这些小项目包罗万象，无论是读书、工作、运动、社交、旅行、参观、学习技能，以至整理环境，都可使生活充实，带给我们快乐。

＊　　＊　　＊

"勤劳"是美德，但有时我们情愿用"勤快"来替代。勤劳有劳苦的意味，事实上，勤于工作并不一定有辛劳之苦，却常有勤奋之乐。勤于工作所带来的有效率的轻快之感，就是"勤快"。勤快使生活节奏迅速，效率增加，是最好的生活态度。

＊　　＊　　＊

勤快使生活项目丰富。由于多做事、多经历，等于在无形之中使生命延长。

＊　　＊　　＊

保持健康最重要的条件不是营养而是勤劳。

＊　　＊　　＊

勤劳可以使生活中灌注了朝气、活力和希望，使你身体机能运转灵活，精神也会蓬勃奋发。

＊　　＊　　＊

人人都知道工作需要恒心和毅力，但很少人想到运动也一样需要恒心和毅力，不工作是懒惰，不运动也同样的是一种懒惰。

＊　　＊　　＊

运动有郑重其事的运动，也有游戏式的运动，更有从工作中附带获得的运动。从游戏中得到运动和从工作中得到运动，都是双倍的收获，值得我们采取。

做事之乐

* * *

我们常说改善环境是"冲破黑暗，奔向光明"。"冲破"与"奔向"都需要坚决与速度，才能集中心力，勇往直前。这分力量的得来，所靠的是明确的目标，坚定的信心，和实行的勇气。

* * *

在生活上来说，"明快"是一种可爱的气氛。对个人来说，"明快"是一种可爱的性格。

* * *

光明、果决、肯行动，不沉闷，不作无谓的瞻顾。用这种态度去做事，效果必佳；用这种态度待人，必能得到朋友；用这种态度生活，日子一定会清爽而充实。

* * *

活力的来源是来自活动。包括形体上与思想上的活动。迟滞静止会产生暮气，降低希望与斗志，使生活趋于消极，精神趋于畏缩，以致丧失自信和对世界的好感。

* * *

如果你觉得精神倦怠，最好的办法是给自己安排一点体力活动的机会。

* * *

精神上的疲劳多半是由于思虑过多或紧张。它霸占了你真正应该做事的时间，却使你比真正做了事情还加倍的疲倦。这是一种徒劳无功的疲倦，要尽量避免。

＊　　＊　　＊

祛除这种精神疲倦最适当的方法是强迫自己多做事。不但可以减少自己胡思乱想的时间，而且由于做事所得到的成就感，足以使你增加对事情和对自己能力的信心，而可以不必再去忧虑。

＊　　＊　　＊

多做体力活动，使自己由于身体疲劳而没有余力去为不相干的事担忧，是最好的摆脱忧烦之法。

＊　　＊　　＊

活动可以加速生活的步调，可以丰富生活的内容，可以增加你的见闻，使你的生活积极而富于变化，心情也会因此而振奋。

经验与热情

人们自幼就要受各种的教育，让知识与经验来塑造一个成熟的人格，以便具备足够的条件来完成自己，发挥天赋。但多数人在具备了足够的知识与经验之后，却失去了完成自己、发挥天赋的动力与热情。

曾有一次，我对一位知友谈到自己的感情如同炼钢，逐渐遇冷而凝固。朋友却发人深省地说，"百炼钢成绕指柔"，经过锻炼的感情才能臻于具有理性的柔和。"冷硬"只是过程而非终极的境界。

感情是人生重要的一部分。是一切的喜怒哀乐使人生"有味道"；是一切的"感受"使人生"真实"；是一切的"感动"使我们乐于在这人生的道路上奔走跌撞，而仍然热情洋溢；是一切的"感情"表现出我们有个活泼天然的灵魂。

练达人情、通晓世故的所谓人生体验，都是一种锻炼；但也都是一种冷却与凝固。它教你怎样认识环境，如何保护自己；却也教你如何剥开事情的表层，透视其中真相；也教你如何放慢脚步，不要奔跑，而要步步为营。人人都逃不开这些锤炼；它总是给你一些你所不想接受而又不得不接受的"否定"。告诉你："你受骗了！事实并非如你所想的那么单纯与美好。"于是，你变得比以前"聪明"，不再那么容易相信一个表面的美丽。你学会了分析，学会了审察，学会了怀疑，学会了观望，学会了拆开万花筒，拿出几片碎玻璃，聪明地告诉别人："你看，不过如此！"

当你学会了这些，你再去看舞台上用灯光幻化出的七彩缤纷，你的心会提醒你说，那不过是几张彩色玻璃纸的幻术。你再去海上乘风破浪，看万顷之茫然，你的心会提醒你，碧波白浪下面有嵯峨礁石和险谷。当你再去看山上葱茏的林木,你的心会提醒你,树丛中,草叶下,藏着有毒的虫蛇。

世故与经验不仅随时提醒你"不过如此";也随时告诉你"不可如彼"。它让你不再轻信一切的美好与善意,不再轻易动用感情。它使人学会了如何遇事却步,以便保护自己;如何遇事迟疑,以免当真相大白时,会证明自己的莽撞。它使人学会了洞察,也使人学会了冷漠。使人了解了"因子",也使人否定了"现象"。使人学会了"知",也使人失去了"情"。

我常想,上帝造万物,先就给了万物一种"信"的本能,让万物在不拆穿他的"手艺"的情形之下,快乐而认真地活跃在这个世界上,快乐而认真地欣赏每一处的花草林木,每一季的日月星辰。我想,上帝一定不喜欢有人忽然看破了月亮不但没有光,而且是一片死寂与荒凉。即使不幸已被发现,他也希望大家仍然欣赏他的手艺,当月明之夜,江边漫步的时候,仍然会忘记上界的一片荒凉,也忘记江水海面下的怪石嶙峋,而仍有吟咏"潋滟随波千万里,何处春江无月明"的诗情。

上帝所造的人类之中,有一群顽皮的、自作聪明的孩子,他们喜欢把上帝老人家用他的细心巧手,拼制而成的精美玩具拆成零件,让它不但失去了外观的、整体的美好,也失去了机能的灵动。他们喜欢把上帝老人家用大自然幻丽的光影,渲染成的彩色缤纷,关掉电钮,使一切归于空无,再来哗笑着炫耀自己会拆穿戏法的聪明。于是,他们因拆毁了玩具,关掉了灯光,而把自己陷入了无聊与苦闷,然后开始痛哭这世界的死寂、寒冷与无情。

上帝所造的人群中,还有一群不聪明的孩子和一群更聪明的孩子。那一群"不聪明"的孩子,是从根本上就不会去拆穿他们的玩具,而把上帝所赐与的一律照单全收,认真地相信着每一件玩具的灵巧与美丽,快乐涨满着他们与生俱来的诚实心。

那另外一群更聪明的孩子,虽然把玩具拆散了,把灯光弄暗了,但他们立刻发现自己破坏了天赐的礼物是可耻的错误，而赶快发挥自己的聪明才智来设法补救。他们运用上帝赋予他们的巧手和灵思，修复了玩具，恢复了灯光，使他们再度运转如初，再度丰富绚丽。然后由衷地了悟，自己也属于这造物者的巧手和灵思，也是一个不能用自己的小聪明乱拆穿的精灵，而从此应当相信，欣赏所当欣赏，奔忙所当奔忙，感动所当感动，希求所当希求，欢呼所当欢呼。

于是，当月明之夜，仍然是"海上生明月，天涯共此时"。

当爱慕一个人，仍然是"曾经沧海难为水"。

当友伴们在外面一声高呼："我们游山去！"仍然会从床上一跃而起，披上夹克，拎起行囊，说去就去。不问林木间有没有"青竹丝"；不问海拔三千尺，会不会高处不胜寒。

当秉烛夜谈，仍然是，有人以天下为己任，慷慨悲歌。

有人要芒鞋破钵走天下，去济世救人。

有人要大家一同厚积资财，使国家民族为之富强。

有人要读尽好书，冀望死后仍与古人的智慧同在。

有人要踏遍九洲四海，回来后，可以畅谈天下奇观。

于是，酒香茶酽，密友良朋，仍然一切是真而非幻；仍然是无限的豪兴与热情，仍然是无比的执着与认真。

无论经过了多少世故与沧桑，仍然有这样深浓的信念与奔腾的热力。即使年老，也仍然拥有青春。

年轻与成熟的调和之道是：我们不可不"知"，更不可不"信"。因为有许多时候，会由于"知道"而产生了"否定"。

人生许多轰轰烈烈的大成就，是完成在从"不知"到"知"的追求的过程之中，而不是在"已知"之后。它所靠的是因为"已知"而向前奔赴的那分狂热。

年轻人常向年长者索求"经验"；但不要忽略了年长者才更应该向年轻者商借"热情"。

谈走入社会

年轻人一提到"走入社会",常会联想起下一句是"人生如战场"。觉得自己是开始加入了一场战斗,仿佛个人与社会是对立的,而一走入社会,必然是四面楚歌,会使一个全无经验的人遍体鳞伤的。

我觉得这是受了一种夸大说法的影响。人们常把初入社会所遭遇的困难,及自己适应和解决这些困难的过程,有意无意地加以强调,使人一提到走入社会,就觉紧张恐惧,如临深渊。

其实,家庭、学校也都是广义的社会。一个人,从降生之后,就立刻会和一些不同类型的社会发生关联。也时时刻刻都在面临一些必须学习适应和解决的问题。只是因为大家所说的"走入社会",是指"独立谋生"的阶段开始,因此自己的责任格外大些而已。

那么"独立谋生"这件事,可怕不可怕呢?

我认为,只要你观念正确,准备充分,并不是那么可怕的。

所谓的观念正确,是不要把独立谋生看成是开始了一场战斗;而要把它看成是一项值得高兴的参与。说明自己已经成熟,而具备了相当的资格,可以作为成人社会的一员,得到了客观的认可,因此能够独立地一展所长。它是人生路程上的另一种"升级"。正如同一个人从幼稚园、小学、中学到大学,每一个阶段都是走向成熟的一项证明。当你学业完成,或年龄与能力达到了这个阶段,你应当有资格"升入"社会,因此,它是一件可喜和值得争取的事,而不是一件可怕的事。

社会上固然有种种挑战,但并不值得惊疑,因为生存的本身就随时都在面临挑战,从一降生就已开始。它并不是拼个你死我活,马上就要定出高下的"竞赛"。它事实上是一种合作,每个人施展自己的所长,付出自己的才力来把社会推动。所以你要顾虑的不是是否会被别人"打败";而是是否能对别人"有助"。社会是一个有机体,每个人提供自己的能力,使别人得到助力;同时,每个人也从别人那里得到自己所需的助力。所以,如果一个人能对别人"有助",他自然就会被社会所接纳。反之,如果一个人对社会"无助",他就会在不知不觉中被社会所冷落。这"有助"与"无助",也就是一个人有无一技之长和是否为社会所需。有一技之长而为社会所需的,他会自然而然地投入这社会人群的有机体,变成一分力量,社会对他必定是欢迎的。

医生为社会所需,所以是出路最好的。教师为社会所需,所以是不愁找不到工作的。技术工人、劳力工人,更为社会所需,所以他们薪资是越来越高。运输业为社会所需,所以许多人改行投入这一范围。餐馆为社会所需,因此投身这一业的人也越来越多。我们的社会需要各种各类的服务,新的行业也因此不断地诞生,看家人、看孩子、美术班、音乐中心等等,都是人们感到需要而社会尚未能够充分供应的。对准备独立谋生的人来说,它们也正是一些新的出路,只看你是否肯动用你的头脑并付出你的劳力。

当你投身于社会需要的任何一环,你就成了这社会的一分推动的力量,你应当用快乐的心情学习、适应,并尽量发挥。因为从这时开始,你才正式成为一个"社会人"。

"处世"并不是一项虚伪造作的表演,也不是尔虞我诈的乱用心机。事实上,你越是单纯与诚实,越是为社会所欢迎。因为你的单纯与诚实,证明你对社会人群无害,你的努力工作证明你对社会人群有益。一个人,对社会人群无害而有益,岂会不受欢迎呢?

* * *

我们不能否认,人情确实有险恶的一面,但是我们也更要承认,人情有温暖善良的一面。仔细想想即可发现,我们在有形无形之中,直接间接都在从别人那里得到帮助。我们也在有形无形之中，直接或间接地帮助别人。这就是社会之所以形成。

*　*　*

社会有它不可忽视的重要性，就因为它说明了人们必须互助与合作，而且也一直在互助与合作。

*　*　*

世界对每个人并没有故意的厚此薄彼。它有良辰美景，也有许多灾难，它让每一个人都必须工作，才能维生。它让每一个人都必须面对种种的、接连不断的难题的考验，因此，它是公平的。只看我们如何去面对它和如何去解释它。

*　*　*

不要把困难与挫败看作是命运对自己的不公。我们要把自己能够通过考验看作一种胜利；把万一不能通过的时候，看作是一种学习。你会觉得自己对生活充满了好感，尝试克服困难也成了一种乐趣。

*　*　*

每个人都是赤手空拳来到这世界，而在正常的情形之下，每个人都可以生存下来。这证明造物者既然这样创造我们，就一定为我们准备了能力，也为我们准备了可以生存下去的环境。

*　*　*

除非天灾人祸或病痛，在正常的情况下，只有好吃懒做或品德上有大缺欠的人，才会面临不能生存的恐惧。

　　　　　　＊　　＊　　＊

　　我们不能希望生活中只有快乐，没有愁苦，只有幸运，没有波折。而只能希望自己具备足够的力量和足够乐观的心情，随时敢去面对困难，超越痛苦，并且发挥力量来使自己得到克服困难之后的成功的快乐。

　　　　　　＊　　＊　　＊

　　每克服一次困难，都会增加了一分对自己的信心。也由于知道生活中仍会有使自己接受考验的机会而觉得不平淡，并且愿意更进一步去为自己储备更多的力量。这就是学习与进步，努力与成功的一次又一次的循环。

　　　　　　＊　　＊　　＊

　　我们的生活多半是由于有新的困难和新的挑战，才有了新的乐趣。

谈内向

许多人为自己的内向、怕羞而苦恼。认为自己缺乏适应环境的能力和开拓前程、勇往直前的冲力，深恐自己会被环境所淘汰。

当然，在有些情形之下，无论是找工作也好，拓展业务也好，是需要一些外向的性格。但这并不是说，每一个人都必须如此，才可以表现才华或才可以对社会有益。事实上，我们如果仔细观察，即可发现，这世界上需要各式各样的不同性格、不同作风、在不同方向发展才华的人。只不过，由于现代生活强调竞争，主张新奇，有些人只求眼前煊赫，不管永恒功业，形成一种潮流，使人误以为，唯有快速适应、立即表现、不择手段地争取一时出头的机会，才是成功。而忽略了生活真正有内涵、有深度、值得欣赏的功业并不能用这种全速争取的方式去达成。

在现代生活中，人们一味地要求自己去竞争和表现，要自己不顾一切地去取得，是一种错误的短视的现象。也可以说是在社会转型期间所产生的一种过渡时期的现象。在这短暂的过渡时期里，人们为了急于有所表现，以得到快速的"成功"，因而只以抢到别人前面为胜利，有时即使对社会造成观念上的偏差、是非的混淆也在所不计。这种对"争先"的重视，使得人人感到自己是在孤军作战，而环境周围都是敌人。现代人所谓的"竞争"就是先肯定了环境中的每一个人都是自己生存的敌手。所谓的"成功"，就是"你抢到了，而别人没有抢到"。相形之下，所谓的失败，也就是："在一场短暂而又不见得有意义的争抢之中，那眼明手快的抢到了，而你没有抢到。"并不问这所抢的东西是一粒钻石，或是一堆粪土。"抢"的本身变成了目的。一次又一次，一波又一波，盲目的争抢，就判定了所谓的优劣与成败。

这观念，显然是错误而可笑的，是会妨碍了深度与恒久的成绩的。

事实上，"内向"是一种可喜的"内省"的性格。内向的人往往有一种优美的气质，是"深度"的所由生。肯深思，是真正的文人或艺术家所必备的敏感的特质。它有利于更深一层地思考和体认。而且它可以使一个人的感情比较收敛，是形成高雅风度的一分内在的力量，它可以减少人与人之间尖锐的对立，因而真正的感情才有机会出现。

人与人之间，固然需要适度的开朗与坦率，却也更需要保留几分含蓄的感情和谦虚礼让的美德，而不希望这世界上每一个人都像打手一样，对准一个目标去"先驰得点"，认为那些不在跑道上奔驰的都没有胜利之望。

内向，是对自己内在生命的一种省察和对外界人情与事物的一种敏锐的感应。有谨言慎行的美德，更有一种"一目了然""旁观者清"的洞察力。所以，如果你不被现代世界这过分强调"争先"的风尚所迷惑，就会明白，并不是只有外向的人才会成功。世界上有一部分事情是需要外向性格去争取、去突破和完成的；而另外一部分事情却需要较为内向的性格来把它做得更加深入而恒久。事实上，即使看来是所谓"外向"的成功者们，也必定同时具备着内向的一面，这是为什么古今中外许多伟大的政治家或军事家，在极富组织力、影响力、说服力、策动力的成功要件之外，经常使世人发现他们同时又是画家（邱吉尔）、散文家（诸葛亮）、诗人（岳飞）、音乐家（西德总理史密特）等等经由内省而散发出来的光辉……外向给他冲力，内向帮他省察。

我国传统教育不鼓励人们抢先和表现。固然说，这在讲求立即效果的现代风气之下，表面好像是会吃亏点；但实际上，要求人们静下来多思考、多吸收，然后再取精用闳而"实至名归"，是避免肤浅和虚伪夸张的最好的教育。

对天性内向的人来说，与其为了要求表现而去学习外向，不如尽量发挥自己那敏感深思的特长，在需要深度的工作上去努力研求。许多

"不鸣则已，一鸣惊人"的人，都是由于他们虽不擅长立即表现，却正因为如此，而有机会深思明辨，把自己所学所能经过千锤百炼之后，才肯公之于世。而他的独立特行，使他不仅能达到别人所无的深度，且能使他因为路线与众不同而见人之所未见，言人之所未言。一旦有成，必定格外杰出。

　　内向，是一种助你深耕的力量。如能善用之，会有大成就。

＊　　＊　　＊

　　一个真正成功的人，在活跃的一面之外，必有非常沉静凝重的一面。当他独处的时候，必然是十分深思的。

＊　　＊　　＊

　　一个人如果只是思想而不活动，当然失去了生命力，但如果只是活动而不思想，也会使生活陷于浮面的感官而缺少了应有的深度。能够使这两者得到平衡而且充分的发挥，才是最好的生活态度。

工作小语

　　大致说来，不需深思熟虑，只靠技巧取胜去争取时效的工作，可以求快；需要恒久价值的工作，就要把求快的心情暂时收敛起来，而去不断地钻研改善，求得细密而持久的品质。这两种态度都是必需的，只看是不是在适当的时间，与是否针对适当的事务。

*　　*　　*

　　工作的成绩并不完全来自紧张奔忙，事实上，它是来自一种心情上的安闲和平和。由于日常有充分的准备和肯定的目标，因此有条不紊，能够按部就班，心情怡悦而安闲。

*　　*　　*

　　生活应有动与静的两面，动是生命力的发挥，静是对人间万事细心的体尝。

*　　*　　*

　　对不幸的命运，越是抱怨，越是觉得痛苦；越是想逃避，越是觉得恐惧。不如去面对它，迎战它，克服它，超越它，使一切痛苦低头称臣，使灿烂的花朵盛开在艰苦耕耘过的土地上。

*　　*　　*

　　伟大的胸襟，高贵的情操，坚定的自信，可以把黑暗化为光明，把悲忿化为欢歌。

* * *

真正的朝气并不是奔忙紧张的。你看初升的太阳，多么宁静和坚定！多么深藏不露而又一鸣惊人！

* * *

真正的雄伟和恒久，决不是一时的冲力和奔忙所可达成，更不是喧嚣的大张旗鼓。所谓"飘风不终日，骤雨不终朝"，你看古老的地球，不声不响地旋转着，孕育了多少的生命，而我们几乎是不会感觉到它的存在的。

* * *

对生活中难以避免的那些悲苦失望的时刻，应该用欣赏的心情去体味和面对，并练习去适应。你会发现，一切的苦乐成败都为我们充实了生命的内容。你更会发现，快乐固然值得欣慰，痛苦也会使人有另一方式的收获。

* * *

我们要认真，但不要顽固不化，我们要洒脱，但不要玩世不恭；我们要真诚地工作，也要有游戏的心情。

* * *

有人以收获为幸福，有人以付出为快乐。最后人总会发现，真正的收获都因为曾经付出；那些未经过付出而得的收获一定不是真正的收获。

* * *

每个人的天赋不同、性向不同，成功的程度和方向也不会相同。用自己本色和真实的感情来创造前程，这就是每个人成功的道路。

* * *

所谓的成就，无非是尽力而为。因此，既不必羡慕或嫉妒别人，也不要把一时的虚荣当作了成就。

* * *

成功包括对别人的贡献，而不是剥夺别人来装点自己。

* * *

许多所谓的成就都指的是个人的表现，而大家往往忽略了这个人的成就之中，有没有别人的牺牲。

* * *

要使自己过得心安理得，在工作上要做到今日事今日毕，在为人方面要让自己良心上没有愧疚。

* * *

个人的价值要靠别人客观的肯定。如果你从来也不为别人设想，别人又为什么要来肯定你的价值呢？

* * *

生活是一连串的奋斗。我们不断地努力，就是胜利的保证。如果过去的时间没有荒废，现在就可以看到相当的成绩。如果目前的成绩不令自己满意，那也并不是你未得到应得的收获，而是证明你又有了更高更远的目标。

＊　　＊　　＊

　　世上真正伟大的成功者没有一位不是朴实诚恳的。因为唯有朴实诚恳，做事才会按部就班，才会有经得起考验的成绩。

　　＊　　＊　　＊

　　每人都知道"一技之长"重要，而我们更不妨把"一技之长"改为"数技之长"，多让自己具备一些技能，生活一定可以左右逢源。

　　＊　　＊　　＊

　　学有专精，是重在一个项目的钻研与精通。但在这一项的专精之外，更不妨有多项的才能，用求知致用的心情去学固然很好，用游戏好玩的心情去学，一定更为愉快。

　　＊　　＊　　＊

　　我们的生活要有创意、有特色。虽说应该加入群体生活，但在精神上要不抄袭，不模仿别人，发挥自己的本色，才可以有独特的成绩。

　　＊　　＊　　＊

　　自由的意义不是散漫无章，而是能根据自己的意志去努力，使生命发出光辉。它是欢乐奔放的，同时也是严肃真诚的，当一个人能被允许严肃而真诚地生活，那就是彻底的自由。

　　＊　　＊　　＊

　　自由包括对别人的尊重与对生活的真诚，它是庄严的，但也是最使人感到受重视、被关切、欢乐而奔放的。

* * *

每个人除了日常的工作和例行的事项之外，有许多生活项目是要自己加上去的。这个需要自己加上去的项目才构成了一个人生活的格调。

* * *

事业没有真正的巅峰，它只有一段不停地攀升与进取。成就之上还有成就，希望之外还有希望。这才是组成生活乐趣的真正原动力。我们所要追求的是一分如日中天的饱满的精神和登高望远，不受环境局限的对前途的展望。

* * *

诚实善良的人才肯承认默默耕耘的成果和舍己为人的高贵，世界需要这样的人。

* * *

对有些人，我们不必去考虑是否要得到他善良的回报，当然，也不必考虑自己要去怎样对待他们。在这一点上来说，不侵犯别人，就是善意了。

* * *

使生活的内容丰富是每人所希望的，但也要看这些内容所代表的意义。

* * *

使自己的生活有内容但不杂乱，需要一种选择的力量。有人只是为了使自己够忙，而找许多事情来做，看来像是很丰富，实际却是一无所有。

*　*　*

疲劳不一定是来自工作，而多半是来自心情上的烦乱与紧张。同样的，热，也不一定是来自天气，它时常是由于心情上的焦虑与患得患失。

*　*　*

有时我们非常向往一种幽缈之美，但它需要完全澄静的心境，没有一点外界的干扰，才可以体会得到。

*　*　*

在现代生活中，音乐要有强烈的节奏，绘画要有强烈的色彩，才可以把人们的注意力集中起来，原因就是环境太吵闹，而各人心中的事情又太繁杂。这对需要深入表达和沉潜欣赏的层面来说，是一种损失。

*　*　*

有时一个人会很乐观，他觉得世间有许多道路都为他而开放。有时一个人会很伤心，因为他觉得世界并不像他想象的那么美好。但也正因为人们有时如此，有时如彼，所以，我们不必认定哪一个时候的感觉是绝对正确的。事实上，这两者交互出现，世界有好的一面，也有不太好的一面。你必须承认，才不会过分地失望。

*　*　*

忧愁并不能解决问题。对待问题的方法是在深思熟虑之后的行动。用行动去解决它，或用行动去摆脱它。

*　*　*

把注意力放在将来，生活的态度自然积极。把渴盼成功的心情集中起来化为行动,着手工作,就是走向成功的道路。

*　　*　　*

经常让自己一面工作,一面知道下一步要做的事,下一次要去的地方,生活就不会沉闷,效率也一定提高。

谈性向

所谓"性向",简单说来,就是一个人的"性之所近",是他自然而然无需任何外力趋使,就乐意去接近的东西。

由于性之所近,因此在别人看来是工作,在他看来是娱乐。由于他在工作的时候,心中仍然念念不忘这项工作的乐趣,所以他在日常生活中,随时随地都会不由自主地去吸收这方面的知识,注意这方面的活动,留神与这工作有关的参考资料。因为他这种毫不勉强而又随时随地的专注,所以他对这项工作的了解就会远比别人广阔而深入,他的成就也就因此而远超过那些不这么专注的人们。

一个对美术有兴趣的人,他所到之处,都会被与美术有关的事物所吸引——这处风景美丽,这张广告设计特殊,这栋建筑的造型别具风格,这幅装饰的色调美好,这座雕像的线条不凡……他注意,所以他吸收。他有兴趣,他才去注意。这发自天然的反应和一般为了"充实自己"而强迫自己去"苦苦用功"的情形大不相同。

有一阵,我天天去听音乐会,无论场地好坏,无论地方远近,无论刮风下雨。朋友说:"我很佩服你,这么勤奋!"

她以为我是为了我的广播工作,而不得不去听。

我的回答却很简单:"那不是因为我勤奋,而是因为我喜欢。"

伏案写作是很辛苦的工作吗?

如果你的回答是肯定的,那你是最好不要从事写作。因为那不但使你经常觉得辛苦,而且一定会因为你觉得辛苦而常想逃避,而只要不提笔,就情愿不去酝酿任何写作的题材。那会使你成为一个痛苦而缺少成就的作者。

如果你的答案是,"写作有什么辛苦?和玩一样。"那证明你真正对写作有兴趣,你会一有时间,就坐下来写着玩。你的成就就会在这极像"游戏"的心情之中,日积月累,越来越丰富,而你会越来越快乐。

从事一项自己爱做的工作,才不致每天一想到工作就头痛,到了办公室就如坐针毡,下班铃一响,就逃命似地回家,再也懒得去想关于工作的事。而因为这个缘故,你对你的工作永远也不能进入情况,对别人的询问,你总是不知所云,不得要领。你痛苦,你逃避,于是敷衍塞责,工作不可能有成绩,考绩不会好,在同事或同行面前,没有荣誉感,没有自信心。在上级面前,得不到奖赏,不能有所升迁……这种种,都只因为你对这项工作没有兴趣。

选择工作是如此的重要,而这选择的权利与自由又从何而来呢?

答案是:从你的所学、所知、所能而来。

怎样才能拥有这必要的"所学、所知、所能"呢?

答案就是当初选择所要进入的科系时,是采取的什么态度了。

你重视自己的性向吗?你人云亦云吗?

你赶热门,慕虚荣,只以考上某些最有名的学校为要务吗?

你只为将来收入而下决定吗?

医学院真的只是为了将来可以赚大钱而设的吗?

你不喜欢数目字,却喜欢发财,因而硬着头皮去进商学院吗?

兴趣可以培养,但不能在面临填写志愿时才去急于培养,那来不及。

态度不可偏差,学医是为了济世,商学院不是为了使你发财,也不是为了便于出国。

让自己尽量多接近可学的科目,才可以在要升入大专或职校之前,有机会了解自己的性向。

对选择科系的态度不可存有走捷径、求功利的念头,而要问明自己,真的有此志愿,决定全力以赴,才可以去起步。将来才不致发现自己走错了轨道而后悔莫及。

要使自己将来走入社会之后，能够每天快快乐乐，充满自信地去上班；对自己的工作有辉煌的理想和抱负，而不是天天勉强应付，度日如年，更不会计较工作量和待遇的多少。你不能选错科系，不能入错行。

俗谚说："男怕入错行，女怕嫁错郎。"真是经验之谈。工作与婚姻都是"终身大事"，决定终身的苦乐，怎能草率马虎，毫无主张呢？

* * *

与其勉强一个天性木讷的人去做外务员，不如发掘他思考与观察方面的长处，看他是否更适于做一些企业设计或撰写、研究方面的工作。

* * *

用思想和用机智或用体力的人，都是同样重要，都为社会所需。

* * *

这世界需要各种不同性向、不同工作的人们，才可以把这世界推动。与其勉强自己去变成"别人"，不如努力发挥自己的天赋，做一个美好的"自己"。

* * *

努力发挥自己的长处，就是一个人的道路。他可以在这方面有成就、有建树。至低限度，他可以生活得比较快乐。

* * *

每人都有自己的优点或缺点，发挥自己的优点，使自己有所表现，改善或疏导自己的缺点，使它不致成为自己或社会的障碍，这就是我们每个人所要具备的自我教育的功夫。

* * *

　　我们手中的时间有限，精神和体力也有限，如何在这有限的条件之下，去做最大可能的应做的事，是对我们智慧的一种考验。有些事，应该把握；有些事应该舍弃。在这该与不该之间，需要冷静的头脑和独立的判断。

* * *

　　冷静的头脑使我们会衡量轻重；独立的判断使我们不致随着环境的诱惑去盲目地奔逐。

* * *

　　不但工作需要选择，娱乐也需要选择。娱乐反映一个人的欣赏品位，也反映他的生活格调。

* * *

　　工作有自发自动的工作，有为了责任催迫而不得不然的工作。当然，最理想的情况是：工作本身就有相当的吸力，使自己不由得就自发自动地去做。要达到这一目的，在当初选择科系和选择职业的时候，就要先衡量自己的性向。

* * *

　　衡量自己的"性向"，不是宠惯自己。世上没有一件事是可以不劳而获的。在没有经过充分努力和多方面的学习之前，没有理由以"性向"为藉口，偷懒苟安，"划地自限"。

谈胆识

信心不是盲目的固执,而是基于自己对事情充分的了解、足够的准备和对环境真切的认识,因此而有坚定的信心。因为知道自己是对的,所以用不着再为别人的意见而动摇了自己的决定。

* * *

知识是信心最重要的来源。由于你知道事情本身的意义和它必然的归赴,看得清它的来龙去脉,所以不会没有把握。当一个人对事情有把握的时候,也就不会游移不定,迟疑不决。

* * *

果断是由于自信,自信是由于知识和经验,以及眼力和判断力。有些人之所以没有远见,是他们没有足够的能力去推测以后所可能发生的事,因此不敢下判断。不敢下判断就是犹豫不决。当一个人对自己的推测犹豫不决的时候,别人的意见就会乘虚而入,于是难免受了别人的左右。

* * *

听取别人的意见是必要的,但必须有自己的意见来做支持。否则每一个人的意见都将增加你自己的困扰,使你越是征询别人,越是无所适从。结果必致头昏脑涨,痛苦不堪,而阻碍了事情的进行。

* * *

并不是每个人都善于下决定的。如果知道自己不是一个长于下决定的人，最好避免让自己担当重要的决策性的人物，以免造成重大的错误而影响别人。

* * *

一个人不可能具备各方面的知识。遇到重大的问题，与其自己苦思焦虑，不如把问题请教适当可信的或具有专业知识、丰富经验的人去替你斟酌损益，采用他们的建议。不但有利对事情的判断，而且这也是最有价值的学习。

* * *

有时一个人感到对事情委决不下，是因为患得患失。当左思右想，觉得无论下什么决定都有损失的时候，那是因为他忽略了一项真理。世间事，几乎任何一种选择的背后都一定要有一些必要的付出。只看你认为付出什么，换取什么，对事情的本身较为有利，你就该朝这个方向来下决定。下了决定之后，就不要忽然又去想到你刚才的付出是一种损失。因为这就是一切犹豫不决的总来源。任何的犹豫不决都是这种心情之下产生的。

* * *

因为任何的选择背后都一定有些付出，所以一个敢下决定而且坚持不移的人，都不仅是因为他坚定，而更是因为他有担当、有胸襟、不计较必要的损失。了解自己为了收获，而必须承担损失，还知道"必须要承担而坦然去承担"的态度，就是一种魄力，魄力加上见识，就是一个决策人物所具备的"胆识"。

* * *

会选择，能衡量，就是一种辨识能力。

*　　*　　*

　　了解收付之间的选择的人，实际上比那些想什么都要的人更有胆识。有胆识才能大刀阔斧，昂首阔步，真正做到使自己和相关的人都有所收获。

*　　*　　*

　　所谓收获，并不专指实质的利益。正相反，有时你放弃利益，反而更是收获。最浅显的说明是，如果你放弃贿赂，你就收获了清白。你放弃了投机，你就收获了原本应该属于你的钱财。你放弃自私自利，你就收获了友谊。你放弃无谓的名利诱惑，你就收获了凿井及泉，属于你自己的成功。

谈决心

自信是一种说服力。在一开始时,看来仿佛不会成功的事,假如你坚持地做下去,它就会成为对它自己的一个证明。相反的,假如你因为别人的怀疑或批评而犹豫不决,退缩不前,那不用别人的阻挡,你自己就打败了自己。

* * *

自信是一种吸引力。只有当一个人有自信的时候,他才会成为别人注意的焦点。当一个人有自信的时候,别人会放弃了他们那游移不定的意见来附和他。

* * *

能够在遭遇质问或批评时,不动摇自己的信念,不是因为固执,而是因为自信。充分的自信是由于有足够的准备,高超的见识,卓越的能力。它不是盲目的刚愎自用,而是清楚地知道事情必然的归赴。这种自信是由知识、见识和力量所形成的。

* * *

创新是可贵的。但每一件创新的工作,在一开始都难免会受到周围人们的怀疑。能克服怀疑阶段的人,才是成功者。

* * *

很多人不是没有想法,也不是他没有能力,而是他不能克服别人对他的怀疑而中途放弃了他的计划。这样的人为数甚多，所以古今中外，我们看到的成功者总是少数。

* * *

当一个人有自信，别人就会相信他；当一个人坚持到底，那些怀疑他的人就会反过来帮助他。当一个人勇往直前，别人就会给他让路。

* * *

对一件有创造性的工作，大众的心情总是忧喜参半的。在他们不知是该赞成或反对之前，要先看你自己本身的志向是否坚定。如果你坚定，那些本来不很肯定的人也会跑来赞同你。

* * *

如果你有一个计划，而且自问是已经很成熟的话，与其征求别人的同意，不如自己先拿出一些事实来证明你值得大家的同意。

* * *

创事业，证明自己的天赋，是人类与生俱来的一种愿望。这不是虚荣，而是为了证明自己对社会有用处，对人类有贡献；证明自己没有虚度此生，因此希望得到机会来发挥，来提供自己的才能给这世界，它的出发点是非常可敬的。

* * *

对有心创事业的人，我们尽可能给他们鼓励与支持，使他们有成绩，被肯定。间接也就是给这世界增加了福利和彩色。

* * *

"兵贵神速"，一九八二年，率领英军横扫福克兰群岛的指挥官穆尔少将的作战哲学是"迅速行动,猛烈攻击"。在充分的准备之下,速度就是力量。物理学上也给我们证明,当你有充分的实力,万全的准备,如果你行动迅速,就会大大地增加了成功的可能性。

* * *

在现代世界里,有许多的事物被大众需要,是由于各种机缘的凑齐,聚合在一起而形成了一种情势。在这样的情势之下,适时地提出了你的贡献,自然会被大众所欢迎。

我们的来处与去处

我们不知道自己怎样降生到这世界来的，正如我们不知道为什么有那么多各式各样的动物与植物，而它们又各有各的天分，各有各的传统，各自依序生长与繁殖，不会乱掉。

宗教家说，宇宙万物是上帝创造的。在没有证明它错之前，我们也不妨这样相信。道家说，万物是大自然赋予生命而形成的。他们虽说不出大自然是怎样赋予生命，怎样形成，但至少庄子所说"以不同形相禅"是可见可证的。我们至少可以相信，生命是由自然界在营养，生命的死亡是物化，而不是消失。因为我们死后，身体腐烂，却化为其他养分，可以帮助花木生长，或变为某种能源。花木植物又可以喂养其他生物，延续其他生命。所以道家神话中所说，人死后会变为花木或蝴蝶，是很科学的。

至少，如果我们承认道家的说法，我们就不会觉得生命虚无或生死无凭。就不必惶恐万状地问："我们自何处来？""到何处去？"我们可以把视野扩大，不仅想到这一个地球，而想到整个太阳系和整个的宇宙。生命在地球上出现，是因为这里有适量的空气、阳光、水。如果别的星球也有适于生存的条件，那里也可能有生命。我们的生命和静默的宇宙是一体，宇宙是大生命，我们是这大生命的精灵。

人们一向和大环境分立的想法是不对的。我们可以设法多利用或改善自然，但不应说是"征服"自然。我们可以设法使自己这生命活得更光辉些，但不必希望个体的永生。因为如果个体不死，大自然的活动就停顿阻塞了。例如：一些动物吃植物，植物死了，而那些动物的生命在延续。动物死了，化作肥料，营养了植物，使植物开花结实，这地球的大生命就是这样川流不息地进行下来的。

那么，你或许要问，既然死不足惧，我们又何必维护生命而不去自杀，以提早加入大生命的循环呢？

这你却又错了。

你错在低估了生命的价值，忽略了生命的意义。

我们虽不知道生命是怎样形成的，但我们知道，能够拥有一个"人"的生命，能活动、能思想、能体味、能观照这世界，知道有一个"我"在存在，是难得的机会。我们有躯壳，能活动，我们有一个灵魂，能思想，有感情，这是上天给我们的极其难得的机会，有了这个机会，我们才可以看，可以听，可以享乐，可以求知，可以试图解释我们所自来的宇宙大生命。我们可以替大自然说话、替它想、替它欣赏。又因我们和大自然不是分立，而是一体，我们等于是大自然的一些精灵。被当选为大自然的"耳目"。这岂不是极难"当选"的一件事吗？有了这个机会而不好好利用，那真是辜负"上天好生之德"了。

"上天"给我们生命，使我们能生活，目的似乎为了要使这世界活跃、美丽、丰富、繁荣。它把生命分别赋予活泼的小动物、雄伟的大动物、聪明爱饶舌的人类，也分赋予美丽灿烂的花朵，潇洒不凡的树木，于是这世界才有了天上飞的、地下跑的、水里游的，才有了花花树树来点缀四季，美化江山。我们幸而"当选"为人，当然要好好地为大自然做一点事情。

而所谓"好好地做一点事情"，也无非是尽心尽力地做一个认真生活的人。

至于说怎样才是尽心尽力、认真生活的人呢？

我们可以借用《中庸》所说："天命之谓性，率性之谓道，修道之谓教。"

天赋我们的本性是什么？我们就尽心尽力地去做什么，不但要做且要做得好，要做得正直，要做得正是上天所希望我们做的。所谓上天要我们做的，其实也就是我们做来使自己感到心安而快乐的。何者使自己心安而快乐，何者不然，这分际，正是来自人的天性。

这包括严肃的方面，如：好好地做人，勤恳地做事，专心地用功，研究学问，努力创造事业，使这世界有秩序、有进步。

也包括轻松方面的，如：快快乐乐地生活，有机会就游山玩水，观赏自己的所自来——大自然。用音乐与诗歌来歌颂它，用绘画、摄影或工艺来描摹它。用房屋的兴建，亭园的装修，花木的种植，道路的开筑来点缀美化改善它。藉跳舞、运动、人与人之间的种种联谊，及其他人文方面的活动，来感谢它所赐与的生命之力。

无论属于严肃或属于轻松，都是天赋我们的本性。每一个人都顺应天赋去发挥，就织造成丰富华美、生动活跃的世界。

有了这一信念，我们对生命就可以肯定，对生命肯定，就可以积极乐观地利用这几十年，替大自然增加一分活跃。然后心安理得地归于尘土，再去参加宇宙的大生命之流，化为其他生命。

因此，我们的生活态度应该是对生命肯定而感谢的、认真的、快乐的，尽量利用时间来做自己天性所要做的事。把个人与自然看成一体，因此是博大的、豁达的、高瞻远瞩而不斤斤计较小节的。

当我们年轻有为、极想做事时，要尽力地学、尽力地做，不必有"如此辛苦，所为何来？"的问号。因为生命的动机就是要我们如此向前奔赴，热烈认真，使宇宙丰富生动。

当我们年老力衰，或不再想热衷事业时，大可退隐田园，（现代人或许只能"退隐都市"也无不可）过过闲逸的生活，是对人生的另一番肯定。它是真正脚踏实地，回到本质。生命原是来自自然，晚岁回到自然。生命原是很单纯的事，晚岁回到单纯。生命原是应该彼此一体，相亲相爱的事，晚岁挥别荣利，归于平淡。大家都已"历遍人间，谙知物外"，奔劳竟逐只是人生的一面，安闲与淳朴是人生的另一面。这两面，都是来自自然所赋予我们的天性。

我们热烈地生活过了，尽情地在这世上奔跑、建设、思索、发挥过了，生命力没有一毫浪费，然后我们可以心安理得地去腐朽，化为物、化为尘、化为火、化为能、化为花、化为树、化为鼠肝或虫臂（庄子语），都无不可，随自然去安排、去演变。只要这宇宙持续，我们就在以各种不同的形式活着。用这种态度对待人生，不是很畅快的事吗？

* * *

我们辛苦奔忙固然是为了生存，但也更是为了使自己感觉到自己是在生存而快乐。因此，"辛苦奔忙"并不完全是像字面上这样被迫的。正相反，我们常常是自动情愿地用各式各样的忙碌来证明生存的意义和肯定自己的价值。

* * *

时间的本身没有什么意义，它的意义全是靠我们自己的所做、所想去把它填充起来。

* * *

一个人，如果能经常用最好的方法使时间显出最光辉的意义，他的生活就是成功的了。

* * *

把握时间需要争取速度，说做就做，这就是效率的所由生。但是，把握时间并不一定是指不舍昼夜地赶工，静下来思想和静下来欣赏，也一样是利用了时间。

*　*　*

"浪费了时间就是浪费了生命"。但很多人不知道自己是在浪费时间，以致他的几十年过得如同只有一天一样，没有变化，也没有感受。对别人没有好处，对自己也没有意义。

*　*　*

不要让自己把可以做事的时间拖延过去。不要让自己把可以游览旅行的时间在灯红酒绿、不见天日的场所虚度过去。不要让自己把可以和良朋益友谈心的时间在言不及义、说长道短中耗过去。

*　*　*

对"时间"这样东西来说，"充分利用"就是节俭。

*　*　*

如果我们意识到自己一生最多不过三万六千多天，就会觉得自己手里的每一分钟都很珍贵。

*　*　*

最好的生活态度是"以出世的精神做入世的事业"。所谓"出世的精神"并不是消极的逃避人生或看破红尘，一切空无；而是能超然于私人名利得失之上，用大公无私的精神，有所不为的志节，一介不取的操守来做事。

*　*　*

要想让别人相信自己，自己先得要真诚。要想得到朋友，更不能希望藉伪装、应酬或世故来获得。伪装、世故、应酬可以应付一时，但不能维持长远。

*　　*　　*

工作虽然很累，但是它有工作的成绩来使我们显得光辉。只有工作之外的名利与人际关系纷扰，才使人心情沉重而抵消了工作成绩所带来的快乐。

人生偶得

乐观·宁静·豁达

　　我国哲人认为最好的生活态度是"以出世的精神做入世的事业"。既不必消极隐遁，更不要沾滞沉迷。这样我们就会觉得是生活在优容博大的天地之间，能有余情去欣赏这多彩多姿的世界。而对生活存有一种感激之心，就不会再产生怨天尤人的苦恼了。

*　　*　　*

　　要想得到快乐的生活，培养生活情趣是一件很重要的事。有些人，尽管他们很穷苦、很孤独，事业上也谈不到什么成就；但只因为他们懂得从生活中，寻找那一星半点闪烁着的情趣，他们就不会觉得困苦和孤独。

*　　*　　*

　　把心灵寄托在一种事物上或一件工作上，从它们可以得到生命的实证，了悟生命的意义。当我们知道，我们在这个世界上并不是空走一遭的时候，心里自然会感到充实和快乐。

*　　*　　*

　　许多人只知赚钱吃饭，却没有一点爱好，于是他们就成了生活的奴隶。

　　三轮车工友的工作是辛苦的，可是，我们经常可以看到他们在等待主顾的时候，三三两两凑在一起下棋；或自己坐在车垫上，翘起大腿看小说；或拿出口琴笛子吹奏几曲乡土小调。在这小小的游戏之中，他们可以忘记疲倦和生活担子的沉重，而使自己沉醉在悠然忘我的快乐境界之中。

生活情趣俯拾即是，只看我们是否愿意去找。

*   *   *

我们可以由工作的成果来证明生命没有浪费，而觉得快乐；也可以把胸中积郁发为诗文，而得到释然于怀的快乐。

*   *   *

快乐虽然是情感上的享受，却是非要用理智去追求不可的。

*   *   *

快乐是要花代价的。要求得快乐，必须先磨炼自己的耐性，先付出艰苦和等待。我们必须先播下种子，去慢慢灌溉，用不求收获的、理智的心情去等待快乐的果实。不要为那埋在泥土里，看不见的遥远的希望而觉得不耐烦。许多人等不及真正的快乐，而把快乐的种子吃掉。更有许多人把表面上美丽的事物当作快乐，因而尝到了苦果。

你要尝到成功的快乐，必先付勤劳与努力的代价。你要尝到交朋友的快乐，必先克服自己的自私自利。你要尝到恋爱的快乐，必先学会怎样不滥用爱情和牺牲自己。一切快乐都要先下耕耘的苦功，然后才可望收获。

*   *   *

无论从事任何学问和事业，最好先把成败得失的念头抛开。把自己所从事的学问和事业当作一件艺术品看待，只求满足自己的理想和情趣。这样才可以使自己眼界宽宏，胸襟豁达，一切苦恼紧张自然就可以减少，成功的可能性反而增加了。

* * *

当你胸中有广大的世界，对眼前狭小生活圈子中的恩怨，自然就不想去计较了。

* * *

我们虽然有时不免糊涂，但不要忘记在该清醒的时候清醒；虽然有时也犯错误，但在该悔悟时要不忘悔悟。有时我们悲伤，但别忘了人生总有波折。有时我们抱怨，但要明白自己也应负些责任。这样我们才可以过着一种复杂而且深入的人生而不至于把自己迷失，才可以在痛苦和快乐的时候都能保持适度的清醒。

* * *

为了使人生不至真的幻灭而成为冷寂的虚空，我们一定要有一种故意不去看破的执迷；这就是认真。为了使自己不至掉入人间苦乐的幻景中而不能自拔，我们更一定要有随时退出局外，做一个旁观者的清醒；这就是豁达。

* * *

买东西需要眼力，选择真正的快乐也需要眼力。有许多表面上使你快乐的事物，实际上却隐藏着痛苦。而那许多一时看不出来的幸福，却总要在付出相当代价之后，才会来临。有眼力的人不会被表面上的华丽所欺骗，也不会看不出内在真理的光辉。

* * *

懂得过丰富华丽人生的人，是那些知道把握生活情趣的人，他们知道什么时候的良辰美景必须欣赏，什么情形之下的忍耐和牺牲可以换来快乐。

勇气·信心

人人都有软弱的时候，只看他有没有方法使自己平安地度过这阵心绪上的低潮。假如你有力量，够坚强，就会发现总有峰回路转的一天。

* * *

当你设想门外是寒冷可怕的世界时，你还应该开门出去看看，是否真的如此。

* * *

如果你有信心，你对前途就不犹豫了。如果你有勇气，你就不怕前途是否有困难或危险了。

每人心中都应有两盏灯光，一盏是希望的灯光；一盏是勇气的灯光。有了这两盏灯光，我们就不怕海上的黑暗和风涛的险恶了。

* * *

人的一生很像是在雾中行走。远远望去，只是迷蒙一片，辨不出方向和吉凶。可是，当你鼓起勇气，放下忧惧和怀疑，一步一步向前走去的时候，你就会发现，每走一步，你都能把下一步路看得清楚一点。"往前走，别站在远远的地方观望！"你就可以找到你的方向。

当危险紧张的事故环绕着的时候，紧张慌乱是没有用的。而最要紧的是镇静和坚强。当你在心理上有最坏的准备时，眼前的一切就都没有什么值得畏惧的了。

知 足

  世界上很少人有那么好的运气可以找到既钱多，又理想，又有兴趣的工作。你应该由既有的工作中去发掘它的乐趣，从既有的工作中去学习一些新的东西，获得一些新的经验，而使这段时间除了薪水之外，仍然可以得到其他的收益。

*　　*　　*

  欣赏你目前的环境，爱你目前的生活。在无意义之中去找意义，在枯燥之中去找趣味。世间许多事物，都由我们自己的看法如何而决定它是好是坏，是有希望还是没有希望。

*　　*　　*

  人们因为对同一事情的看法不同，往往产生极其相反的结论。在处理生活方面也应在使用理智去分析之余，不忘用一点感情去把冰冷的东西加以美化。懂得生活的艺术的人可以从枯燥的事物中看出趣味，不懂生活艺术的人可能把极富情趣的事看成平淡无奇。这两种人生活的苦乐可以想见。

*　　*　　*

  我们生活在没有变故的日子里，不觉得一切顺利进行是多么可贵和多么值得我们欣慰和感谢。日常生活只要能按部就班，没有差错，不生枝节，那就已经是置身在幸福之中了！一些不必要的闲愁只是由于自己没有感觉到顺境平淡生活的可贵而已。

*　　*　　*

  幸运背后总是靠自身的努力在支持着的。一旦自己松懈下来，幸运也就溜走了。

* * *

"当上帝不答应你的请求时，那必是你不该得到的。"我们不该得到的，总比该得到的多。假如我们知足克己，不贪心、不妄求，对既有的东西知足感谢，并且肯用自己的力量去追求那可以为上帝所允许的东西，就不会常受到失望的痛苦了。

* * *

不要为眼前的环境没有希望就灰心丧气，当你的土地不适于种稻麦的时候，你不妨去种点花生或地瓜。把握住目前的一切，尽自己的可能去利用它，而不要在消极悲观中浪费光阴。除此之外，没有别的方法可以使你凭空找到希望。

* * *

一粥一饭，半丝半缕，都是多少年，多少人的血汗结晶。对这些由别人处所得来的恩惠，应该存着一番感激之情。而当我们心里觉得知足和感谢的时候，自然一切怨尤和烦虑就都消失了，对周围的人和事也就可以用仁爱和宽恕的眼光去对待了。这就是获得快乐的最好途径。

* * *

当我们得不到所想望的东西时，必须爱我们现有的一切。快乐是由知足的心情之中产生的。达成愿望的路需要付出坚忍与耐性，用健康乐观的心情一步一步地去走。抱怨与悲观只能使我们消沉颓废，以致可以到手的东西也会错过，连既有的东西也会丧失。

* * *

当我们对眼前的生活觉得不满意，因而抱怨的时候，就是我们应该把自己设想到一个比现在更不如的境地的时候，把自己目前的生活和那些不如自己的人做个比较，就会觉得知足和快乐了。

* * *

你觉得生活很辛苦吗？但是你一定看见过比你更辛苦的人们，而且你替他们想想，好像将来也没有什么希望。我们有时会抱怨自己没有钱，得不到爱情，或工作不如意。可是，当我们想到，世间不知有多少人在想着，希望能过像我们这样的生活，这时就明白为什么不必过于抱怨了。

* * *

一个百万富翁如果生意失败，而只剩下了一万块钱，他说不定会去自杀。可是，一个穷汉如果中了一万块钱的奖券，他就会觉得自己是发了财而快乐。因此，当你认为你受了损失而痛苦的时候，你就该假定你本来就什么也没有。

* * *

人们总觉得失去的东西或没有到手的东西是最好的，诸如：没有结婚的恋人，没有完成的学业，没有接受的工作，没有赚到的钱……等等。其实，当我们得到一件东西的同时，也必会失去一样东西，在两样东西之中选择其一，另外一件必会失去。我们不能都要，因此在人生途中，要经常重视那些我们所拥有的，而不要总为失去的东西惋惜感叹。

* * *

我们总觉得失去的东西可惜和可贵是因为它没有真正属于我们，因此我们没有机会发现它的缺点和对我们有害的地方。到手的东西使我们觉得厌倦或不满，证明那些失去的东西，假如没有失去的话，也会同样显出它们有害的一面。

实　行

如果要替成功的人找出一个最起码的秘诀，大概你会发现，他们只是克服了自己的懒惰。

＊　　＊　　＊

多少计划，不如一次实施。多少空想，不如一次行动。

＊　　＊　　＊

当你肯充分利用时间的时候，你才知道时间究竟能做多少事。

＊　　＊　　＊

勿因事小而不为。眼前手边的小事或许正是将来大成绩的幼苗或基石。

＊　　＊　　＊

许多人，表面看来，都是在无成绩的状况中；所不同的是，有人在耕耘，有人在无所事事地等待。当过了若干时间之后，耕耘的人有了成绩，等待的人还在等待。

＊　　＊　　＊

常听人说："我将来要如何如何。"但只有不停地在往将来铺路的人可以实现他的预言。

* * *

胆小怯懦是多数人的缺点，勇于尝试是成功者必备的条件。

* * *

如果你看准了一件事应做可做而不敢做，那是胆小。如果你根本不知道该不该开始，那是犹豫。胆小者需要勇气，犹豫者需要知识与担当。

* * *

成功既需锐气，也需耐性。锐气是发动和推进的原动力，耐性是应付挫败、克服难关所不可少的坚持力。

* * *

下决心并不困难，难的是行动。

* * *

你必须经常有一种力量，把自己由懒洋洋无所事事的状态中拉起来，使自己进入"动"的过程，这力量才是使一个人成功的最重要的因素。

* * *

无论多么勤劳向上的人，当他要把自己发动起来的时候，也要费上一番力气，所以，你不要以为惰性是你专有，那些成功的人只是比你多对自己使用了一分推动的力量。

* * *

任何一种工作或学问都要花费力气，单单爱好是不够的。

*　　*　　*

当一个人想做一件事而没有去做的时候，心情最烦。唯一解除这烦的办法，就是把自己推动，着手去做你所要做的事。当你做了一些事情，有了一些成绩，这成绩就会成为你继续努力的鼓励。

*　　*　　*

不要使自己成为一个静止不动的平面，而要使自己成为一个向前滚动着奔赴目标的圆轮。

*　　*　　*

要使自己跳得远，你的眼睛一定要看着远方。眼望着的地方就是你想去的地方，这就是意志。

*　　*　　*

与其停在那里为未必来临的事去担忧，不如把这担忧的时间和精力用来做点可以抵御困难，防止灾祸，或忘记忧虑的事。

*　　*　　*

一个人如果光是休息，没有奔忙，那么，休息对他也就失去了意义。

忙碌与进取

忙是积极向上的象征，但不要使自己卷入俗世应酬、争名夺利的奔波，变成没有意义的"无事忙"。

* * *

不要认为工作是一种负担或苦役。勤劳的感觉会使你对自己有信心，工作的成果就是犒赏。

* * *

有些意外的幸运固然可以使人快乐一时，但真正永久而且心安理得的快乐必须靠辛勤的耕耘，不劳而获的快乐只是对幸运的感谢，而不是对自己能力的激赏。

* * *

增加自信的方法，一是正直无私，一是勇往直前。

* * *

现代生活节奏快。你要跟上这节奏，适应这速度，就得随时让自己活动，参加这潮流。这样，你才会感觉到自己是在生活。你也才有权欣赏或批评这生活。

* * *

人们在最安逸的时候，往往就正是开始不快乐的时候。忙里偷闲，你会快乐；如果你知道自己永远无事可做，或你不知道今后该做什么事，你就会觉得生活黯然无光。

* * *

要想使自己觉得生活有希望，唯一的办法是做事。做有建设性的事，做有意义的事，做比较难的事。做事就是为自己点亮了一盏通往希望的灯光，在做事的过程中，你就会觉得前途有光明。

* * *

不要为生活中有难题而气馁，人类有希图克服困难的天性。当有困难时，你运用智慧和能力去把它克服了，你就多证实一次自己的价值。

* * *

不要为怕失败而放弃做事。因为做事的本身就是一种成功。能够经常正确地做事的人，就是成功的人。

* * *

为怕失败而放弃做事，在当时或许觉得安全，但过后你会觉得自己尚未着手，即已失败，因而对自己失去了信心。如果经常如此，生活就会变为灰黯而低潮。

* * *

要充分地把握自己这一生，最重要的是在能活动时尽量活动，能体尝时尽量体尝，能做事时多做事，该思想时多思想。

* * *

生活中任何新的、好的内容都可增加朝气，毫无进步的日子，使希望无从诞生。

    * * *

  积极生活的好处是能使你觉得快乐。一个人有没有朝气，全看他对事情是否采取积极进取的态度。遇事消极退缩，最易造成衰老和暮气。

    * * *

  懒惰和犹豫不决是使一个人暮气沉沉的最大原因。

    * * *

  勇于接受考验的人可以随时得到工作的机会，也可以随时接受新的知识，锻炼新的技能，增加应付环境的能力。他的人生必然鲜明活跃而充实，不会有时间去抱怨人生乏味。

    * * *

  为自己找一个值得追求的目标去追求，那不仅是为了最终目标的达成，而是为了追求过程中的有希望、有重心、有事可做的快乐。

    * * *

  勤劳的本身就是一种快乐。它使你觉得自己有活力，对外界的压力能抵抗，能创造有利于自己的环境。

    * * *

  好逸恶劳是人的天性，但过分的安逸反而产生苦恼。有人会由于无事可做而去惹事生非；有人会由于无事可做而感到精神忧郁，心绪低潮，失去了活力。

＊　　＊　　＊

　　懒惰是很奇怪的东西，它使你以为那是安逸，是休息，是福气。但实际上，它所给你的是无聊，是倦怠，是消沉。它剥夺你对前途的希望，割断你和别人之间的友情，使你心胸日渐狭窄，对人生也越来越怀疑。

　　　　　　＊　　＊　　＊

　　友情与事业代表着人生两大乐趣，而要想拥有这两大乐趣，一是要开朗，一是要勤劳。

　　　　　　＊　　＊　　＊

　　安逸是生活的催眠剂，它最会消磨人的志气。在优裕的生活中，仍能保持清醒的人，才是强者。

　　　　　　＊　　＊　　＊

　　不要因为现代生活的种种方便而养成疏懒的生活习惯。"多做事，少享福"是现代人的座右铭。

　　　　　　＊　　＊　　＊

　　生活最沉重的负担不是工作，而是无聊。

　　　　　　＊　　＊　　＊

　　凡事想在别人前面，做在别人前面，有抱负，有担当，不怕尝试新的途径，是创事业的人；凡事不动脑筋，得过且过，敷衍塞责，对事没有主见，怕负责任，就只能跟在别人后面，不会有出头之日了。

　　　　　　＊　　＊　　＊

　　怕负责，得过且过的人，可能一生风平浪静，但也注定一生平庸。

这些人，不但自己没有成就，而且会是别人成功的障碍。

*   *   *

创事业，需要有大刀阔斧的魄力，众醉独醒的精神，潮流影响不了他，风气麻醉不了他，在他来说，理想是指标，抱负是明灯。他永不把责任推给环境，他要用自己的力量征服环境，领导环境。

*   *   *

所谓效率，首先是由于有计划。没有计划的乱忙和徒然的紧张，都不能产生真正的效率。

*   *   *

效率来自负责守信的精神。

耕　耘

有些事，你可以争取速度；有些事，你无法争取速度。当你要做一件事情之前，先要衡量，这事要经过怎样的步骤才可达成。不能一味盲目求快，更不必因一时看不见成绩而灰心。

* * *

有目的的等待并不是停顿，而是不得不然的步骤。只要当你等待时，不忘记自己的目的及决心，不放弃应做的准备功夫，你的等待就正是成功的前奏。

* * *

犹豫不前是懦弱，等待时机成熟却是坚定。当你能做时，该勇往直前地去做；当你不能做时，你必须以静待动地等一等。盲目地乱闯并不能增加你成功的机会。

* * *

即使是天才，如给他更多的时间去锤炼，其成就当更大些。

* * *

有些人迷信天才，于是难免追求急功近利，丧失了可能有的更大成就。有时，早熟的天才被环境宠惯，反而糟蹋了天才。

* * *

不要看不起眼前手边的小事。因为不但大成功是小成功的累积；而且任何小的成功都会给你鼓励，增加你的自信，维持你继续努力的兴趣。

* * *

太过严肃而急于求功的人，反而不一定真能有什么成就。真正的成功不能只靠呆板的努力，而还要靠精神上适度的轻松。

* * *

成功没有标准，它只是一个人发挥了自己天赋之后的成果。

* * *

所有那些能够一鸣惊人的大天才，都曾经过足够时间的努力与磨炼。他们可能比别人跑得快些，但所经过的历程却是一样。

* * *

我们要追求更高更远的，但更要珍惜自己手中所掌握的。不珍惜现在，没有未来。好高骛远的人永远两手空空。

* * *

顺境常是过去辛劳艰苦耕耘得来的成果，逆境也正是日后峰回路转、否极泰来的前奏。

* * *

懒惰的人常感苦闷。正因为他们没有耕耘，所以知道自己不可能有收获。这明知不可能有收获的心情，就使他们觉得日子空虚与茫然。

*　　*　　*

在努力耕耘的过程中，不必去关心别人的冷眼或喝彩；而只要自己尽力而为。

*　　*　　*

一个人做事主要是为满足自己内心的要求，荣誉或金钱都只是附带的收获。

专　精

不要羡慕别人过早的丰收。"大器晚成"，有时确具真理。多用一点时间来琢磨与充实自己，将来一旦有成，才是真正禁得起考验的成绩。

*　　*　　*

许多人羡慕某些人突然像彗星一般地闪亮，却忽视了这些人们在能够发光之前所下的功夫，所忍受的寂寞，所挨过的苦闷。当你觉得自己被埋没时，应想到，那些成功者也曾有过被埋没的岁月。

*　　*　　*

一个人的特色就是他存在的价值。不要勉强自己去学别人，而要发挥自己的特长。这样不但自己觉得快乐，对社会人群也更容易有真正的贡献。

*　　*　　*

能有显赫的成就固然值得尊敬，但最重要的还是做一个诚诚实实的人。脚踏实地地工作，用诚意和爱心去待人，无愧于心地过此一生，也就是显示了生命最大的光辉。

*　　*　　*

不要以为自己到处去乱开拓就是雄心壮志的表现。一个人譬如一株树木，要剪去旁枝，才能壮大。

* * *

好博不精,足以减低可能有的成就。

* * *

到处包揽,将会一事无成。

* * *

要为工作而工作,不要为金钱而工作。要为求知而求知,不要为名利而求知。

* * *

做任何事,只有当你以这件事本身的目的为目的时,它才有意义,才有益处。

* * *

有些人不但懒得工作,而且懒得娱乐。他们自我解嘲说是淡泊名利;实际上,他们是懒散。

* * *

淡泊名利的人只是不愿为名利去奔忙。但他们有自己要做的工作。他们勤劳俭朴,是生产者,而非坐享其成的消费者。

* * *

人们常觉得准备的阶段是在浪费时间,只有当真正机会来临,而自己无力把握的时候,才会惊悟,自己平时未作准备才是浪费了时间。

　　　　　　　*　　*　　*

　　为了掌握较多的成功机会，我们不但要知道时代变迁的速度和方向，更要了解自己的实力和所能发展的范围。这样才可避免盲目地跟在别人后面追赶。

　　　　　　　*　　*　　*

　　没有一项努力是浪费的，只是它的效果可能在较远的地方才会显现。而且你会得到证明，所付出的努力越多，将来意外发现的成果越丰硕。

学 习

　　一旦你勤于工作与学习，你的日子自然就充满了活力与对前途的展望。

＊　　＊　　＊

　　不习惯读书进修的人，常会自满于现状，觉得再没有什么事情需要学习。于是他们不进则退。

＊　　＊　　＊

　　成年人慢慢被时代淘汰的最大原因不是年龄的增长，而是学习热忱的减退。

＊　　＊　　＊

　　学生每天有每天的成绩；每学期有每学期的进步，称得上是日新又新。成年人就少有这样的成绩。多数人十年如一日，不再有新的收获，除了年龄，一切都不增加，难怪要被时代淘汰。

＊　　＊　　＊

　　学习是快乐的来源，即使你不在意自己将来有没有成就，单以目前的生活来说，学习也一定使你觉得满足。

＊　　＊　　＊

　　肯学习就有进步；有进步，生活就不会沉闷呆滞。使你的日子有源头活水，经常保持清新，生活步调自会轻快。

*　　*　　*

真正的财富是健康与技能。

*　　*　　*

多读书，多学习，多求经验，就是前途的保障。

*　　*　　*

要衡量一个人是否可靠，不是看他眼前职位高低，收入多少；而要看他是否随时在进修。一离开学校就停止了进修的人，不会有光明的将来。

*　　*　　*

使自己在目前所从事的工作之外，另有专长，你的生活可以左右逢源，精神也能保持清新与畅旺。

*　　*　　*

只生活，不读书，所得知识必定浮泛浅薄，不能深入。只读书，不生活，则有成为书呆子的危险。

快乐的工作

工作占人生最大而且最重要的一部分。假如对工作厌倦，整个人生都将缺少乐趣。

* * *

能从工作中找出一点乐趣，用欣赏的心情去工作，生活可以愉快得多。

* * *

有人觉得工作辛苦，是由于他太希望尽快把工作交差，好去休息或玩乐。这种急于解除负担的心情，会使工作变得格外可厌。

* * *

我们不可能随时都找到自己喜欢的工作，因此只有尽量使自己喜欢目前的工作。心理上的厌烦减除之后，工作也会显得较为轻松。

* * *

人们对工作厌倦，一部分原因固然是工作繁重枯燥，但也有一部分原因是由于自己对工作不能胜任，不能胜任，就不能愉快。

* * *

多充实自己，使自己在工作上能够胜任。当工作有成绩并得到赞赏时，本来枯燥的工作也就有了乐趣。

*　　*　　*

每一个人对生活都有责任。责任固然使我们负担沉重,但果真没有一点责任在催逼的话,我们却会觉得被遗弃,人生也会因此失去了目标。这是人类的天性,唯有乐观而勇敢地负起责任来生活,才会觉得快乐。

*　　*　　*

肯工作,所需的是勤劳与坚忍;肯工作而又能快乐地工作,则是一种智慧。这种智慧能使人在枯燥的工作中见出乐趣,使工作不再是一项苦役,而是一种创作和表现。这样的工作态度往往塑造出杰出的人才。

*　　*　　*

如想找到自己所喜爱的工作,首先要对这工作有所专长。而这专长的求得,唯一的途径是学习。

*　　*　　*

许多专以赚钱为目的的工作都往往是机械乏味的。因此,除非你肯定地认为金钱的收获可以抵得过一切的损失,否则,在选择这些行业的时候,最好多多考虑。因为你一旦投身到以赚钱为目的的行业,一生都将分秒必争地为钱奔逐,而牺牲了其他一切的乐趣,甚至连赚钱原有的意义也将失去。

*　　*　　*

有些职业是比较清苦的。赚钱少,工作多。但是,相对的,从事这些工作的人应酬也少,所需点缀虚荣的花费也少,生活脚踏实地。工作虽可能多一点,但因为没有外务滋扰,竞争者少,人事纠纷少,不必为保全职位或争取荣宠而勾心斗角,心情反而安闲。忙完了分内的工作就可海阔天空。喜欢过恬淡生活的人，仍会觉得这类职业是可取的，是有乐趣的。

* * *

对工作付出的心力越多，所得的乐趣也越多。

* * *

人是生来有荣誉感及成功欲的，如果你希望从工作中得到乐趣，唯一的办法是认真地尽忠职守，好好地完成你每天的工作。

* * *

我们工作固然是为了取得维生之资，但也更是为了使生活有重心，对社会有贡献，使生命有价值。我们游戏是为了使生活有乐趣，使人间有朝气，使我们觉得一切的辛劳在事业上的成功之外，还有另一些可爱的、快乐的代价。

快乐的来源

　　一个人最感快乐的是对自己的工作与品德觉得满意，是相信自己不失败，有希望，不亏欠，不愧疚。而这种快乐的得来，所靠的是努力工作和敦品励行。

*　　*　　*

　　工作是快乐的来源，成功是快乐的肯定。我们不必好高骛远，希望自己天天能有大成功，但应该希望自己天天都有小成绩。任何小成绩都能增加自己的信心而成为快乐的来源。

*　　*　　*

　　生活需要有节奏。工作与休息搭配得好，生活自然就有韵律。

*　　*　　*

　　惟有那真正劳动过，用过脑力，做了事情的人们，才能心安理得地享有清闲的时间。

*　　*　　*

　　人们觉得快乐，是因为心上没有负担；同时也是因为觉得日子过得充实。要想使自己心上没有负担，最好的办法是"忠于自己的良心"。要想使日子过得充实，最好的办法是"今日事今日毕"。

*　　*　　*

　　所谓忠于自己的良心，是一切按道理与正义去行事。当一个人做事违背自己的良心时，即使有实质上的收获，也决不会快乐。

＊　　＊　　＊

人们不快乐的另一原因，是总觉得自己被别人亏待，因而心中充满了抱怨。其实，自己可能也有亏欠别人的地方，也有受到别人恩惠的时候，也更有需要别人原谅的缺点或过失。如此想想，自然心平气和。

＊　　＊　　＊

有时人们不快乐是因为自己没有进步，觉得没有什么令自己鼓舞的事。让自己经常有机会学到一点新的知识和技能，可以扩展生活领域，更新生活内容。这种扩展与更新的感觉，就是快乐的来源。

＊　　＊　　＊

生活缺少变化也使人不快乐。为生活中加入一些新的内容，会使你觉得心情愉快，精神振作。

＊　　＊　　＊

当你做成功一件事的时候，你的快乐不仅是成功的快乐，而更是对自己能力的肯定。可以增加对自己的信心，也增加对前途的希望。

＊　　＊　　＊

常有人问，除了为名为利之外，你还为什么而工作呢？我们相信，有很多人是为了使生活有内容、有意义而工作，是为了让自己感到自己是在生活而工作。工作的本身就是乐趣。

＊　　＊　　＊

当你彷徨困扰、紧张不安时，不必对自己的前途悲观。你只是需要再付出一些辛劳和努力，忍耐和等待，当这一段险阻克服之后，你会发现自己到了另一新的境界，登上了另一高峰，因而对自己建立起进一步的信心，也增加了对人生积极的信念。

* * *

一个人没有理想，生活就没有重心，就缺少朝气，为自己建立一个正确的目标，朝向这个目标去努力追求，生活自然就会充实而有意义。

* * *

我们不妨把目标订得远大，但对眼前身边的小事更不可忽略或轻视。不重视眼前工作的人，决不会有远大的将来。

* * *

任何小的成就都不会是凭空得来的。不要羡慕别人的辉煌成果，更不要嫉妒别人的富贵尊荣。多注意别人辛苦耕耘的过程，不但可做自己的榜样，更可使你有心情去分享别人成功的快乐。

* * *

祛除嫉妒心才可分享别人的快乐。也惟有能分享别人快乐的人才是最快乐的人。

* * *

人间许多苦恼并不一定是来自辛劳，而常是来自闲散；并不一定是来自失败，而常是来自自私和嫉妒。

* * *

生活要有重心，这重心不一定是大的计划，而很可能是某一件细微而有趣的小事。常找些有趣的小事来把它完成，生活一定不会乏味，对人生的信心也会增加。

* * *

有趣的小事和事业的成败可能没有直接的关系，但它使你的人生愉快而活跃，间接有助于你过成功的一生。

* * *

最能使一个人觉得快乐的是对自己的肯定，最令人悲哀的是对自己的否定。肯定来自足够的努力、相当的成绩和别人的认可。因此，如想使自己快乐，必须勤恳耕耘。

* * *

一个人要觉得自己有用，才会快乐。无论所做是哪一行，只要对别人有贡献，对社会有好处，就会觉得自己有价值。

* * *

当肯定自己有光明善良的人格时，自然觉得快乐。

* * *

自私怯懦的人常不快乐。因为他们即使保护了自己的利益和安全，却保护不了自己的品格和自信。当一个人觉得自己卑微怯懦、自私苟安的时候，他不会快乐。

* * *

人们常希望周围的一切多对自己有利一点，少受一点损失、欺负或剥夺。但事实上，当一个人被别人亏负时，内心却由于自己品德上没有亏欠而感到堂皇与高贵。这堂皇高贵的感觉才是真正的快乐。

*　　*　　*

快乐不能靠外来的物质和虚荣,而要靠自己内心的高贵与正直。能保有这高贵与正直,即使在财富地位上没有大收获,内心也是快乐和满足的。

生 动

当你在冬天的傍晚，冒雨回家，你也许很冷，也许很累，也许有某些事情令你很烦。但是你有没有想到，能够拥有一个健康的身体，可以允许你这样奔劳，正是值得感谢而且值得快乐与满足的呢？

*　　*　　*

人生最大的乐趣之一是能够活动。一个人，如果经常能有生动活跃的感觉，他一定是一个快乐的人。这种生动活跃的感觉本是与生俱来，只是我们有时忘了去发现和把握。

*　　*　　*

当我们能够随心所欲地走走、跑跑、跳跳的时候，应该意识到这是一份幸福，不要忽视这幸福。

*　　*　　*

只要能活动，就不必对其他的事过于抱怨或苛求。

*　　*　　*

活着的意义就是要活动，身体的活动，精神的活动，思想与智慧的活动，都是生命力的表现。

*　　*　　*

能思想，能领略，能欣赏，能感受，这都是快乐的保证。

* * *

使生活单调与沉闷的原因是懒惰和固执。

* * *

日常生活太空闲,就会无聊;太如意,就会乏味。

* * *

去着手做一件事,安排一次旅行,约晤一些朋友,都可使沉闷的日子变为生动。

* * *

假如人人都不肯主动地去找朋友,当然大家都会觉得孤独而寂寞。

* * *

不要以为朋友都不想见你,很可能,你一开始去找他们,他们就会接着来找你了。

* * *

不要让自己闷坐"愁城"。当你把自己发动,投身广大的世界,你会发现,你的"愁城"只是一个早该遗弃的废墟。

* * *

一个人的一生是充实,还是空虚,要看他是否勤劳,是否机敏,是否具有对人生足够的热忱。懒洋洋地过日子,难免会错过许多美景良辰。

苦　闷

人们感到苦闷，是由于自我被压抑。

*　　*　　*

不要害怕苦闷，因为它是催促我们奋勇冲破阻力的前奏。

*　　*　　*

安于现状的人苦闷虽少，进步也少。越是对自己现况不满意，觉得受压抑而不愿妥协的人，越是因为急于要挣脱，而能发挥潜力，终于有所成就。

*　　*　　*

"苦闷"是对自己不满意，希望生活充实些、有成绩些，而又做不到的一种失望或焦灼之感。它也正是努力向上的原动力。

*　　*　　*

由于我们在精神上常觉茫然与空虚，所以才尝试去给生活增添许多目的和意义，以使生活生动而丰富。它往往促成深思与创造。

*　　*　　*

几乎每一个人在年轻时都曾感到自己是不快乐的。但不快乐并非不丰富。相反的，正因为能感到不快乐，所以才丰富。

* * *

苏格拉底说："如果把世上每一个人的痛苦放在一起，再让你去选择，你可能还是愿意选择自己原来的那一份。"这说明，各人对自己的痛苦有适应力。

* * *

"人在福中不知福"，固然是至理名言，"人在苦中"却也会"不知苦"。至少，它不会像旁观者所想象或自己以前所想象的那么苦。当逆境来临时，人自然会产生适应力，也就因为我们对痛苦有适应力，并可发挥潜能去超越痛苦，所以才往往因祸得福。

* * *

面对困难问题时，除需要勇气、毅力、智慧与经验之外，更需要冷静。冷静才能发挥潜力，稳定步骤，对问题做清醒的判断。

成　功

一个人的成就,是由于对他所热衷的学问或事物,时时刻刻,自然而然的关注所形成,而并非由于在某段时间内被迫学习了某些学科。

* * *

从来也不梦想的人,生活必定平淡庸俗。

* * *

认识自己不是一件容易的事。能认识自己而又知道自己的方向,始终不渝地去发挥自己的天赋,尤其是件难事。多数人都以别人的习惯为自己的习惯,以别人的爱好为自己的爱好,以别人的方向为自己的方向。

* * *

不要欺骗自己,说你不稀罕成功。因为人的天性如此,成功使你快乐,失败使你沮丧,只是各人所追求的目标不同而已。

* * *

世间有人成功,有人失败,成败的关键并不只在于他们是否知道该如何做,而在于他们做了没有。

* * *

成功并不是一种虚荣,它是对自己价值的肯定,由社会给你客观的证明。

＊　＊　＊

成功来自自己认真的耕耘,而不是来自阻碍别人的灌溉。每人有每人自己的园地。不要让无益的竞争迷惑了自己的方向;不要让嫉妒干扰了埋头做事的心情。

＊　＊　＊

成功的意义应该是发挥了自己的所长,尽了自己的努力之后,所感到的一种无愧于心的收获之乐,而不是为了虚荣或金钱。

＊　＊　＊

成功也并不一定是指大事。每一件小小的工作的完成,都是成功。

＊　＊　＊

成功的快乐在于一次又一次对自己的肯定,而不在于长久满足于某件事情的完成。

＊　＊　＊

成功只是人生过程中的一些小站,你的快乐在"到站"的一刹那之外,还更在于一路的奔驰和对永无止境的前途的追求。这奔驰与追求的过程就是生命力的肯定。

＊　＊　＊

成功不是一窝蜂地追逐别人所订的目标,而是发挥自己的特色。

*　　*　　*

人们喜欢新奇，也更欣赏真正的美好。新奇能在一时之间吸引人们的注意。但如没有具备典雅的素质，就无法长久地留存。

*　　*　　*

用你真实的感情，至诚的善意，加上高远的理想和超然的态度，去从事你的创作或功业，那就是成功的道路。

*　　*　　*

在追求理想的过程中，我们所要问的不是自己比别人好多少，而是自己尽了多少力量。不是能不能胜过别人，而是能不能胜过自己。

*　　*　　*

所谓努力，并不是不舍昼夜地赶工，而是该工作的时候工作，该休息的时候休息。休息不但是为了恢复体力与精神，而更是让我们有时间静下来，了解环境，检讨自己，辨认方向。

*　　*　　*

当我们只注意一个终极的大目标时，往往会因为成功来得太慢而不耐烦，以致失去了信心。如果把一条长程分做许多段落，让自己有机会看到许多小成绩，就可得到较多的鼓励，而有信心与兴趣去继续努力了。学生的学业有段落，成人的事业也应有些段落，使自己有"升级"的期待与乐趣。

*　　*　　*

积极勤奋的努力和不计成败的洒脱是成功的两翼。

推动自己

我曾在我的广播节目中建议听众,"要克服自己的惰性"。

我说:"每一个人都多多少少有点惰性。一个人的意志力量不够推动他自己,他就失败;谁最能推动自己,谁就最先得到成功。"

推动自己是件难事,通常我们都是希望假如有一个别人从旁催逼一下,就容易发动得多了。

于是,我想到了一个曾经推动过我的人,他是已经去世的一位新闻界的朋友,萧铁。

那时,萧铁刚从中央社转到台湾电台任新闻编辑,而我是在那里做播音员。因此天天见面。

萧铁当时还兼编《扫荡报》的副刊。

那时,台湾刚光复不久,写东西的人没有现在这样多,副刊上总觉稿源缺乏。于是,萧铁就天天逼我给他的副刊写点东西。

那时,我上晚班,六点到九点半,只报三次新闻,工作很少。除了报新闻的时间之外,多半都是在办公室里看报聊天。

萧铁就抓住我聊天的时间,强迫我坐在他对面给他写稿。我说没有东西可写,于是,他就顺口说一个题目,什么《电影院》、《咖啡馆》、《妹妹》、《风》、《云》等等。我被逼得无法推托,只好放弃聊天的心情,给他写一两千字交卷。

他常说:"你可以写写,为什么浪费自己?我已经迟了,但是我在努力。"

而我却总是懒和贪玩。他催,我就写;他不催,我就又停止去想那些东西了。

后来，我离开台湾电台，几年后，萧铁因胃病逝去，遗下他年轻的妻子和幼儿。我一向很少为什么事情哀恸，但萧铁的死，却使我真的流了不少眼泪。我觉得，以他的勤奋和用功，上帝该让他有机会成功才对。可是，他死了！他是真正希望自己能在写作上有成就的一个人。为了使自己写的东西更好，他下功夫看许许多多别人不耐烦去看的东西。像经济学、哲学、历史，以至于他最外行的音乐和美术理论。每一样，他都认真地去读。他的死，使我领略到一切"壮志未酬"的人们的悲哀！

一个人有才华，又肯努力，而竟赍志以殁，真是人生最大的悲剧！

最近几年，因为工作的关系，又有了催逼我动笔的原动力，无论我怎样懒，每天一两千字的广播稿总不能不写。而且因为自己年龄日增，也突然明白了萧铁当初所说的"浪费自己"是何等的语重心长。

于是我开始认真地推动自己。

这"推动"也许晚了一点，但总比永不推动强。而且，每当我看见别人一天到晚无所事事地混日子时，我就禁不住要想到萧铁那句话：

"你可以做点事情出来的，为什么要浪费自己？"

不要以为来日方长！早一点推动自己，可以早一点使自己在死亡来临之前找到自己生命的意义！

谁愿意毫无目的地混过一生，与草木同朽呢？可是，又究竟有多少人因此而肯认真地推动自己呢？你说？

克服惰性

你也许要问：怎样才可以克服自己的惰性而把自己推动起来？

当然，惰性实在是很不容易克服的一件东西。

没有多少人不懒惰，那些勤奋的人，都是一些意志的力量在推动他的。

所以，我们不妨说："意志是克服惰性的一种力量。"而这意志的形成，是要靠一个值得追求的目标。有这个目标在那里等待我们去达到，我们就会觉得有理由把自己发动。

俗话说："人不为利，谁肯早起？"

"利"是目的之一，喜欢"利"的人，自然会为了追求"利"而让自己早起。当然，世上不是人人都喜欢"利"的，即使人人都喜欢"利"，也不一定每一个人都把"利"当作最值得追求的目标。

那么，把什么来代入这个"利"，这就要看我们自己的理想或喜好了！

因此，如要克服自己的惰性，先要为自己建立一个理想的目标。

问问自己，你要得到什么？你最喜欢最向往的东西是什么？你先在心里为自己找到这个答案。也许，你喜欢发财。也许你喜欢发了财之后，为自己弄一片果园。也许你打算出国，也许你想参加高考，也许你想成为音乐家、画家、作家。那么，等你确定了你的目标之后，你会发现生活中有许多项目突然变得有意义起来，而另外又有些项目突然变得不重要起来。那时，你就会找到一些可以把自己发动的力量，让自己不再那么毫无目的地懒惰下去了。

当然，只是大目标，有时未免觉得遥远，而且太过抽象。那么，我们不妨把大目标确立之后，再给自己定立一些小目标。

比如你想存钱为自己买一片果园，那么你先要把存钱的方法找到。所谓存钱，当然一方面是开源，一方面是节流。开源的方法是工作，节流的方法是多勤劳，少游荡。这个小目标确立之后，你会开始觉得早晨一定要早起，才可以免得把时间浪费在床上，而利用这个时间，你可以去送报纸，送牛奶，或自己取代家里工人的职务去整理庭园。

于是，你觉得早起有了意义。以前，你会觉得早起也没有事，或不知道从何着手去做事。而当你有了目标之后，你在起身之前，就已经知道起来之后该忙些什么，你就会很顺利地把自己从床上拉起来，去做事了。

同样的道理，如果你想在学问上有点成就，那么，你达到这个目的的办法，只有用功读书。于是，你就可以开始找一些你应该读的书放在桌上，排出次序，一样样地去读。这样你自然就愿意尽量利用时间去读，去记，去写。而不会只在心里着急，却不知道该做些什么才是。

建立目标，是帮助自己克服惰性的方法之一。除此之外，要设法给自己找到一点可以鼓励自己的力量。因为成功的路途是很漫长的，在这漫长的途中，如果缺少鼓励，就不容易把兴趣长远维持下去。而这鼓励的力量，也要看你所要追求的是什么而定。你想存钱的话，自然以银行的存折最能使你得到安慰和鼓励。如是其他，那么，像互相勉励的朋友，自己工作的成绩，师长的奖励，等等。要留神给自己安排一点这一类的机会。

明确的目标，和适当的鼓励，可以使我们进取得快些，顺利些。但是，最主要的，还是要我们自己时常在心中反复记住一句话：

"人生很短，没有多少时间可以允许我们浪费！"

西哲说："要活得好像明天就要死去一样。"

这话真的有着不凡的催逼的力量，谁也不知道哪一天是自己的生命终站。

多数人都预期自己可以活到一百岁，因此在二三十岁的时候，他还在那里慢慢腾腾，不慌不忙。

而认真生活的人，常会相信，只有自己可以掌握的这短暂的现在，是他靠得住的寿命。因此他尽量地利用他每一分、每一秒的时间去推动他自己。

生命不浪费，成功的机会就多了。

对的起点

一个人在没有真正尝到被环境局限的滋味以前，是不会懂得兴趣两个字的重要的。除非你本来就无所谓，如果你稍微有点个性，你就该提早考虑，为自己选一个对的方向。

我们发现，有人把自己估价太高，有人又把自己估价太低，更有人不知道自己应该站在哪一个队伍里才算合适。

古人说："知人者智，自知者明。"一个人不能真正认识自己，他就必然要走许多冤枉路，要失去许多可贵的机会，甚至一步走错，全盘皆输。只因没有给自己选择一个对的方向，所以一生都过着困恼乏味的日子。

许多青年被虚荣和好高骛远所害。在别人的意旨下，盲目地报考热门科系和有名的学校，而忽略了自己真正的志愿。

认清自己的办法，是本本分分、实实在在地对自己做个公正的评价。不要跟着别人随波逐流，也不要用功利实用的目的去决定自己的前程。想一想，试一试，看究竟自己在哪一方面的功课或工作上最感兴趣，做得最好，最有成绩。那就是你可以去求发展的方向。

帮助青年们找到他们自己所应走的路，是学校和家长的责任。我们发现，许多人忽略了这一点。大家都把目标集中在升学考试所要考的几项科目，而忘记了这几项科目以外的东西。青年们在高中阶段，所接触的东西太少，所学的科目范围太狭窄，许多在大学里可读的科系是中学阶段的学生们闻所未闻。因此，在填志愿时，大家一窝蜂，朝几个热门科系猛攻。等到攻进去之后，才发现自己根本不喜欢这一科，读起来痛苦不堪。想要转系，却不知道自己真正的兴趣何在，这真是青年人最大的悲哀!

　　高中阶段是决定一个人兴趣志愿的主要阶段。学校和家庭都应尽力给青年们多接触各类学科和参加课外活动的机会。要明白，大家一律朝向几个热门科系猛攻的结果，所造就出来的人才过剩，出路仍会成为问题。加以你对这热门学科缺少兴趣与天赋，学时痛苦，学习过程之中，成绩必然低劣。毕业之后，在找工作时，必然仍是次等的人选，始终落在别人背后，跟不上别人。

　　早一点认清自己的天赋才能，把自己放在一个对的起点上，可以提早成功的时日，可以使你这一生都过着与自己意愿相契合的愉快的日子。

　　盲目地在别人意愿之下去挣扎，成功的希望必然微少，而且，即使辛辛苦苦地得来一点成就，你内心深处也仍会感到空虚与缺欠。

果断与担当

犹豫不决的情形恐怕是人人都有的,不过有的人决定得快些,也正确些;有人犹豫的时间久,而决定得又不正确。这就看你是否有足够的判断力和应有的担当。

有人判断力很好。一件事,往往第一眼就看出了它的症结所在。但是到了决定阶段,却犹豫异常,而且往往推翻了自己的判断,采用了那自己原来认为不正确的。这就因为他缺少一分应有的自信,或者我们叫它"担当"。

假如你发现你自己也有这种情形的话,那么我劝你要多拿出一分胆量来,只要是自己当初认为对的,就照自己的判断去决定,不要再畏首畏尾,患得患失。

你要明白,两条路,你反正只能选择一条。而这两条路的利弊也往往不是绝对的。你有所得,就有所失。只要你衡量过,其中一条的利多弊少,你就只好放弃另外那条路上那少量的利益了。

事情既经决定之后,就不要再去犹豫。对已经采纳了的,不要再去挑剔苛求。对已经放弃了的,不要再去试图挽回,这样才可以避免后悔。

事情做了,就是做了。要有勇气承担一切后果,要有勇气承担可能的损失。

世间事物,你有所取,就必定有所舍。在你取得一件东西的同时,也必定会失去一件东西。取舍之间,要有胆量。

不要挑剔你已经选择了的东西,而要去记住你当初选择它的时候,所看到的它的好处。

既然当初是你自己认为有理由这样决定的,那么,那个理由一定不会无缘故地消失，要相信自己的决定，已经放弃了的，就随它去吧！

* * *

果断可以使自己的决定坚定不变，担当可以消除一个人患得患失的痛苦。后悔是对自己的一种惩罚，与其后悔不如改过，立刻给自己找一个新的起点，从头做起。

* * *

男儿志在四方。出国苦读的目的是要充实自己，磨炼自己。只要目的正确，一切苦也就不致白受了。

* * *

常常有人羡慕出国回来的人们，认为他们镀过了金，因此较有前途。其实，一个人如想要有前途，最基本的条件，还是要吃苦。古时比喻念书是铁砚寒窗，把铁砚磨穿，耐过十载寒窗的磨炼，到了那时候，学识有了，苦吃过了，不再怕风霜，对工作能胜任，自然比在暖房中长大的花朵要有前途些。

* * *

环境有时是不如意的。但是，在不如意之中，我们还要问问自己，是否自己太奢靡了？太安逸了？太希望不劳而获了？太迷信金钱的力量了？这一切，都需要我们冷静而虚心地想一想。

* * *

与其不尝试而失败，不如尝试了再失败。不战而败等于运动场上的弃权。弃权是懦弱的行为，无论做什么事都要抱定"拼着失败也要试试看的决心"。

* 　　* 　　*

　　不要夸大你的悲哀，不要低估你的生命！

　　想要使你自己够坚强与增加你的自信，最好的办法就是拿出胆量去做那些你以为没有把握的事。

　　* 　　* 　　*

　　世界上有许多做事有成的人，并不一定是因为他比你会做，而仅仅是因为他比你敢做。

　　* 　　* 　　*

　　拿出力量改善你认为不满意的环境，才是勇者。

战胜自己

如把我们日常所经验过的种种痛苦烦恼，仔细分析一下，你会发现，这痛苦的来源有一大部分都是战不胜自己。

当我们需要勇气的时候，先要战胜自己的懦弱。需要洒脱的时候，先要战胜自己的执迷。需要勤奋的时候，先要战胜自己的懒惰。需要宽宏大量的时候，先要战胜自己的浅狭。需要廉洁的时候，先要战胜自己的贪欲。需要公正的时候，先要战胜自己的偏私。

这许多矛盾的名词——勇敢、懦弱、洒脱、执迷、勤奋、懒惰、宽大、浅狭、廉洁、贪欲、公正、偏私……几乎经常同时占据着我们。

世上没有绝对完美理想的人，当然也很少绝对不可救药的人，每一个人的性格中都或多或少地存在着上述的矛盾。这些矛盾，在你遇到一件事情，需要你采取行动去应付的时候，就往往会同时出现。而当它们同时出现的时候，也就是你开始彷徨困扰、痛苦不堪的时候。你怎样决定，完全看这两种矛盾的力量是哪一边战胜。如果是积极和光明的一边战胜，你走向成功。如果是消极和黑暗的一边战胜，你就走向失败。

这理由很明显，按理说，每一个人都应该知道自己怎样做，才是正确的决定。但是，很少人能够不经交战而采取正确的行动。甚至交战的结果，仍是消极与黑暗的一面战胜。

战胜自己不是一件容易的事。它需要很大的勇气，与坚定的信念。想一想看，你战胜自己的次数多吗？还是时常姑息纵容了自己？

一个人，如果他勤奋，那必定是他战胜了自己的懒惰。懒惰是我们最难克服的一个敌人。许多本来可以做到的事，都因为一次又一次的懒惰拖延，而把成功的机会错过了。

当我们尝试一项新工作，接触一个新环境，应付一个新场面的时候，总难免有一种向后牵曳的力量。我们常会退缩地想：还是安于现状吧！还是省事为妙吧！还是不要冒险吧！于是，就在这种种消极的决定中，不知多少可贵的机会流失了。许多人抱怨自己一事无成，恐怕这消极的处理事情的习惯，是使他失败的一个最大的原因。

每一个人都知道公正廉洁是可敬的，偏私贪欲是可耻的。但是，事到临头，往往就会有一些你在事先所想不到的理由来影响你正面的决定。比如说：你会把责任推给环境的压力，风气的不良，或一项消极退守的成语，如"识时务者为俊杰"之类。其实，那正是你被另一个自己所战败的明证。一个人在必要的时候战不胜自己，是可耻的，任何理由都无法掩饰这种羞耻。一个人应该有力量让自己那光明的一面战胜，否则，你的人生就失败了。

如果你知道宽恕是一种美德，那么你为什么还要计较别人的短处或过失呢？

如果你知道豁达一点可以减少痛苦，你为什么还不肯早一点把眼前琐屑的得失恩怨放开看淡呢？

要知道，我们有时痛苦困扰，犹豫不安，那只是因为我们心情上有两种相反的力量在相持不下。让我们明智一点，早作抉择，你会觉得生活的面目豁然开朗起来了。

我们从小所受的教育，足够使我们知道怎样明辨是非。在明辨是非之外，就要看我们是否有足够的信念和约束自己的力量，去遵循我们所知道的正确的路。那需要经过很艰苦的奋斗，需要动用你一切内在的向上向善的力量，才能把握你所预定应走的方向。

* * *

勤与惰，清醒与执迷，并不是距离遥远的两极，而只是薄薄的剃刀的两面。其间只有一刃之隔。你翻过这一刃之隔，便是勤奋与清醒；留在那边,便是懒惰与执迷。你要不要翻过,只在短短的一念之间。

＊　　＊　　＊

如果你决心清醒,你便可以清醒;如果你决心执迷,你就将继续执迷。这"决心"的实现,不在你能不能,而在你肯不肯。

目的要纯正

我们无论做什么事，都要以这件事本身的目的为目的，才有成功的可能性。如果不以这件事本身的目的为目的，而把其他附带的目的当作重点，那么这件事就会走入歧途。不但这件事的本身无法得到预期的成功，就连你那附带的目的也会因你当初所持态度的不纯正而遭到失败。

以结婚选对象为例，按理说，这件事所应考虑的条件应该是双方的健康情形，人品好坏，工作能力，知识程度，身家是否清白，二人性情是否相投等等。如果这些条件能够通过，才可能是美满的婚姻。如果你在选择对象的时候，抱了其他附带的目的，如贪图对方的财势，希望由对方的社会关系得到什么好处，或为了某种虚荣；那么，你的目的就不纯正。目的不纯正，决定的时候就有偏差。该考虑的未曾考虑，不该重视的倒重视了。结果，最能影响婚姻幸福的条件被附带的目的所蒙蔽而忽略了，未予考虑。婚后才发现两人合不来，对方性格中有大缺点，或健康上有大问题。那么，不但这婚姻是注定失败；而且当初那附带的目的也必定由于这婚姻本身的失败而一同垮台。这是一个很明显的例子，也是最常见的例子，证明如果我们对事情所抱的目的不是这件事本身所应有的目的，它就难免会失败。

其他的事情也是一样。

譬如说，一位艺术家，他所从事的是艺术。那么，无论他的环境如何，他对艺术所抱的目的应该始终如一。他要表现最真挚的情感，要锤炼最圆熟的技巧，要忠于他的工作，决不为外在的名或利所诱惑。他的目的就是要完成他所做的每一件艺术品。这时他才能集中全力，心无二用，目的才能纯正，作品才有灵魂。如果一旦他抱了用艺术来换钱、来成名的目的，他的心力就分散了。他可能会分心去应酬，去奔走钻营，去追求时髦的流派，或故意作怪以求惊世骇俗，而忘了从自己真诚的内在去寻求、去体认。由于分心名利，路线必有偏差，路线一有偏差，成功的目的就离他远了。

此外还有许多实例可以为我们证明这一点，以升学来说，升学的目的是为了求知，以使自己具备更多的力量去达成自己的理想，或服务社会人群。这是升学的纯正目的。当选择学校、填写志愿的时候，按照这个目的所应考虑的是：自己的兴趣如何，各学校中自己所要就读的科系的设备如何，师资如何等等。而不是考虑"某某学校名气大，考取其中任何科系都可傲视乡里"，也不是考虑"我的女朋友希望我考取某校"或"将来出国是否容易申请奖学金"，更不是考虑某科系是热门或冷门。因为这些考虑的目的不纯正。目的不纯正，所做的选择就很难是自己真正的志愿；更很难是自己真正的爱好或专长。即使考取，读来也会痛苦。将来在这方面也必定跟不上那些真正想学和真正有兴趣去从事这方面工作的人们。结果将会一生都跟在别人后面做个"小悲哀"，而没有出头之日。

人的一生之中，几乎随时都有些事情需要做决定。当我们做决定的时候，所考虑的是否这件事本身的意义，不但足以影响这件事当时的成败，也会影响我们一生的苦乐。

想到就做

在日常生活中，有许多该做的事，不是我们没有想到，而是我们没有立刻去做。时间一过，就把它忘了。

其原因，有时是因为忙，有时是因为懒。一个事务繁忙的人，想到某一件事该做，但他当时没有时间，于是想，"等一下再说吧！"但等一下之后，为其他事务分神，就把这件事忘了。

有些人虽然不忙，可是，他喜欢拖延。该做的事虽然想到，却懒得立刻着手去做。心想，"等一下再做吧！"可是，等一下之后，他就忘了。或者已是时过境迁，失去当作的时机了。

如要使做事有效率，最好是"想到就做"。

养成"想到就做"的习惯之后，你会发现自己随时都有新的成绩；问题随手解决，事务即可办妥。这种爽利的感觉，会使你觉得生活充实，而心情爽快。

遇事拖延的习惯，不但耽搁了工作的进行，而且在自己精神上也是一种负担。事情未能随到随做，随做随了，却都堆在心上，既不去做，又不敢忘，实在比多做事情更加疲劳。

做事有始无终，也会使自己心情上有负债之感。

无论大小事务，既经开始，就应勇往直前地把它做完。我国传统规矩，家庭教子弟写字，无论有什么事打扰，也不准把一个字只写一半。即使这个字写错了，准备涂掉重写，也要把它写完再涂。这正是教人不忽视任何小事的最好的起点。在日常小事上养成有始有终的好习惯，将来做事才不会轻易的半途而废。

假如你有未完成的工作，未缝完的衣服，未写成的稿件，等等，希望你肯把它们找出来整理一下，安心去把它们完成。相信当完成之后，你会觉得非常快乐。当它们未完成时不过是些废物，而当你只要再付出一半或十分之二、三的心力，把它们完成之后，他们却变为漂亮的成品和可观的成绩，那种意料之外的成功，更会令你惊奇。

有些事，并不是我们不能做；而是我们不想做。只要我们肯再多付出一份心力和时间，就会发现，自己实在有许多未曾使用的潜在的本领。

也有些人在面临一项新的工作时，会为它的繁重与困难而心情紧张、沉重、不安。这些人大多是较为拘谨而责任感又重的人。祛除这种紧张、沉重与不安的办法，只有立刻着手去做这件事。当开始工作之后，他会很意外地发现，事实并不那么困难，而对自己也有了信心。

"想到就做"不是一件难事。它只是需要明快、果决与信心。但是，一件事情既经开始之后，是否能够有始有终，则要靠毅力与恒心。许多事往往在一开始时，凭一股冲力做了一阵，然后就渐渐觉得厌倦；加以任何工作总难免遭遇一点困难或外力的干扰，这时，不但兴趣消失，信心也没有了。很多工作都因此而中途停顿。而只有那些能克服这中途障碍的才是成功的人。

开始一件工作，所需的是明决与热忱；完成一件工作所需的是恒心与毅力。缺少热忱，工作无法发动。只有热忱而无恒心与毅力，工作不能完成。

急不如快

当你面对问题的时候,你是立即采取行动呢?还是想得多、做得少,在那里忧虑不安呢?

世上有两种人。一种是"行动多而顾虑少",一种是"行动少而顾虑多"。

"行动少、顾虑多"的人们看似深谋远虑;但时常是过分瞻顾,而变为犹豫不决。想得多、做得少,以致被思虑拖得苦不堪言。又因为没有行动来配合,所以大部分的思虑都属空想。精神负担沉重,事实却毫无进展。

行动多而思虑少的人灵活好动,不大肯费心思去担忧前因后果。这种人做事爽快,但也许会由于顾虑不周而流于鲁莽草率,影响了事情的进展。

一般说来,年轻人做事,往往是行动多于考虑。也时常正是由于不做多余的考虑而能使事情成功。即使不幸失败,也由于他们不太计较得失而有勇气重新来过。这是"冲力"的可贵处;也就是所谓的朝气。

如果一个有冲力的年轻人,肯适时地让自己冷静一下,在行动之前多加一分思考;或是一个成熟稳练的中年人,能在慎重将事的同时,少用一分顾虑,则他们成功的可能性就都大得多了。

深思熟虑如果缺少果断,就变成了犹豫不决。结果,时间都在犹豫之中空过了,肯行动的人走到了他的前面。一切的考虑也只是一场虚空,毫无意义。

犹豫不决的坏处不只是成功的障碍,它给人最大的负担是精神上的压力。由于他顾虑多,患得患失,一切可能的后果都令他感到不安与危惧。这种想象中的得失、不安与危惧，比事实上可能发生的成败后果要复杂得多；所加给他心情上不必要的负担比事情本身所应有的负担也要多好几倍。

明快果决是一个人性格中最可贵的优点。要让自己该果断的时候果断；适当的考虑之后，要继之以行动。行动可以使你减少瞻顾犹豫的痛苦，提早看清事情进行时的真相。

练习让自己了解，能承担必要的损失也是一种可贵的力量。当你一面计划，一面推动你的工作，避开徘徊瞻顾的困扰时，你会得到真正的经验与证明。经验事情进展的真相，证明你当初所曾虑到的得失，增加你以后面对更多新问题、新建树的实力和勇气。

你每做一分事情，就得到一分经验，比因怕错误而不敢行动要有益得多。

"急不如快"。该做的事，就立刻着手去做吧！

* * *

因循是成功最大的障碍。该做就做，不要因循。当你养成做事迅速敏捷的习惯之后，你会发现，生活的步调轻快，而工作的效率提高。

责任感

一个成功的人必然具备某些条件。其中之一是责任感。

固然，聪明、才智、学识、机缘等等，都是促成一个人成功的必要因素；但假如缺乏了责任感，他仍是不会成功的。

一个没有责任感的人，在工作时一定不会认真，对他的工作是否有成绩也不会很细心地去检讨，也不愿去承担这工作成败的后果。他容易有推诿的倾向，也比较懒惰和贪玩。他的聪明或许足可掩盖他工作上的失误或不圆满之处，在上级面前也很容易获得通过，甚至由于他的聪明圆滑，长于肆应，还可获得加薪或升级。但只因他缺少一种真正的责任感，日久天长，他的工作总难免因一再的疏漏而发生不良的后果。他由聪明圆滑而得来的信任也必不能维持久长。

我们相信，一个人即使聪明才智差一点，但假如他肯对工作负责，成功的机会也必定比只有聪明才智而无责任感的人要多。

对工作需要有责任感，对学业亦然。特别是对自己真正有兴趣，而打算作为终身事业的有关课程，更是要认真负责地去研读。单是用功，并不一定是有责任感。用功有时是为了考试，为了名次，为了学位或虚荣；真正的责任感应该是为了自己求知。为学能做到这一点，学问就变成乐趣了。

一个人的责任感不一定要由大事去衡量。由平常小事也可表现出他的忠诚与负责。我们看一个人是否每天下班以前，把他的办公桌整理清爽；是否肯把掉在地上的字纸随手拣起来；是否守时；当他有错误的时候，是否勇于承认，立刻弥补，还是希图狡赖，诿过别人。这不仅反映一个人的品德，也可预卜一个人的成败。

当你一天工作完了之后,你是否习惯去检讨一下它的成败得失呢?如果你有这项习惯,你就是一个负责的人了。因为惟有在检讨之后,你才可以发现错误或疏漏,才可及时去改正,或做下次工作的参考。事后的检讨是进步的来源。它并不是要你去做无益的追悔,而是要你从中获得可贵的经验。

对于工作,一时的热忱容易,持久的热忱困难。短暂的成功容易,持续的成功困难。必须时时求新,日日求进,避免自足自满,能够把工作视为与自己荣辱相关,祸福与共,才是真正了解成功之乐的人。

目 标

一个有目标的人和别人不同的地方，就在于他虽然在纷纭杂乱之中，仍然不致迷失。他可以操纵自己，而不被别人操纵。

* * *

多数人在人潮汹涌的世间，白白挤了一生，从来不知道哪里才是他所想要到达的地方，而有目标的人却始终不忘记自己的方向，所以他能打开出路，走向成功。

* * *

我们要掌握自己的命运。先建立目标，然后用冷静、执着、坚强、乐观，来做我们的守则。

* * *

一个人活着而没有目的，他就会彷徨、苦闷和不安。而唯有当一个人确实了解他自己所要过的是什么生活，和他所要追求的目标到底是什么之后，他才会觉得他的生命充实和有意义。

* * *

许多人怀疑自己是否会成功，怀疑自己是否有足够的聪明和能力，怀疑环境对自己是否没有阻碍……等等。但是，你要知道，怀疑只能使你停顿不前，虚度了时间，消耗了精力。而唯有坚强自信，朝准目标，一步一步向前行进的人，才会达到目的。

* * *

在暴风雨来临之前,天气总是闷热,这静态的闷热是动态的风暴的前奏。许多艺术家或学问家,在新的创造与发明之前,往往有一阵极其苦闷的时期。这苦闷只是一种新的力量在酝酿期间所必有的现象。因此,请不要为你的苦闷而惶惑紧张,因为那正是你冲破另一个难关,克服另一项阻力所必经的过程。只要你有足够的毅力,你会越过它,而达到新的境界,得到新的成功。

* * *

许多事情是一时看不见收获,看不见效果的。但是,你不要着急,也不要灰心。只要你一点一点地去做,慢慢的,小的成绩累积为大的成绩。那时你就可以证明,一切努力都决不会是白费的了。

* * *

许多人一心只想收成,却想不到该去耕耘和播种。又有许多人在耕耘的时候,因为看不见成绩而觉得失望,因失望而停止了耕耘。于是,等别人收成的时候,他就只有在一旁艳羡和后悔了。

凡事要往大处着眼,要从小处做起。不肯从基本上下功夫,从基层的工作去做起的人,永远也不会有大的成就。

* * *

世间唯一最可证明因果的,就是你付多少努力,你就必有多少收获。多念了几本书,一定比少念那几本书知道得多。多勤劳多努力,也一定比懒惰观望所得的收获多而具体。

* * *

不要急于知道什么才是成功,哪里才是巅峰。你只需知道自己灵魂中最可贵、最有把握的那一点是什么，然后你把它发掘出来，把它发扬光大。慢慢的，你自会走向成功。

不管别人是否比你更聪明，更伟大，成就更高，只要你能尽量发挥你自己的天赋专长，你自会有属于你自己的成就。

* * *

唯有认识自己之后，才可以不浪费生命。

* * *

这世界上真有成就的往往不是第一流的聪明人，而是第二流的聪明加第二流的愚笨的那种人。太聪明，就把什么都看开了。他不肯做傻事，花笨功夫；不肯找难题让自己受苦，所以，他就没有希望了。

* * *

读书须靠平时，做事要凭经验。闲时多读点书，不但可以增长学识，更可以陶冶性情。不要为眼前的工作职位低，待遇少，而消极怠惰。要知道只要你懂得去发掘，任何一件工作都可以给你一些磨炼或经验。

* * *

兴奋活跃固然是进取的象征，但冷静沉思却让我们有机会辨认方向、决定行程。盲目地奔跑，并不能使我们到达所要去的地方。

* * *

生命如逝水，流去的日子是不会回来的。为了不让生命毫无痕迹地流失，我们一定要好好地把握它，利用它，填满它。至低限度，让它留下一点对得起自己的痕迹。

＊　　＊　　＊

　　事情如意与否，固然要靠一点运气，但主要的，还是要靠自己的力量。当一个人储备了足够的力量去应付一件事情的时候，成功的机会自然就大得多了。

　　＊　　＊　　＊

　　一个人对自己的运气，一定要坚决地抱着好的一方面的希望。这种希望就是一种精神上的力量。这力量也就是一种信心。有了这坚定的信心，做起事情来，即使有点小困难、小挫折，你也一定可以勇敢地向前迈进，而不去把它放在心上。

　　＊　　＊　　＊

　　假如你希望自己幸运和成功，你就要"相信"自己幸运和成功。

　　＊　　＊　　＊

　　一个人要读书，才能达理。能通达道理，他就可以过一种合理的、恬淡而豁达的，懂得如何取舍的生活。他也就可以懂得如何去发挥自己的内在，完成自己天赋的使命。

　　＊　　＊　　＊

　　如果你有一个愿望，可能你要花一生的时间才可以达到。上帝不会凭空给人们一件东西，除非他自己拿出了足够的心力，忍耐了相当的时间。上帝也许曾经在无意中给了我们一些额外的幸运，但假如我们不懂得如何去把握这幸运的话，上帝还是会把它拿走的。

　　＊　　＊　　＊

　　有许多愿望是只能在我们自己心里偷偷地想，而没有理由堂皇正大地把它说出来的。它们多半是不该去追求的。

＊　　＊　　＊

　　社会不会无缘无故地厚待一个人，除非他自己向社会证明，他是值得社会对他厚待的。

坚强·独立

每一个人的寂寞都是与生俱来的。除非你不去深想,除非你以表面上的热闹为满足,否则你总难免会感觉到:即使是在热闹繁华之中,你仍是孤零零的一个。

* * *

有许多时候,我们必须单独去面对一些烦心的问题,必须单独去抵抗一些摆不脱的痛苦,必须单独去克服一些困难的工作。有许多问题是别人帮不了你的忙的。即使能够,别人的帮助也只能一时而无法永远,主要的力量还是要由你本身产生。

* * *

人与人之间在有形的亲密之外,还是有着无形的距离的。而且这距离有时很远。但是,我们不必为这距离而觉得悲观,我们只是必须承认这是一些事实而已。一个人能承认事实,就会有力量去面对事实,能面对事实,就不会觉得寂寞是可怕的了。

* * *

孤独并不可怕,可怕的是对什么都没有兴趣。能够对一件事物热衷地去爱好,去钻研,而不愿把时间浪费在其他任何一件事情上的人,他不但不怕孤独,有时反而喜欢孤独。

* * *

流泪是一种没有主张的表现。当一个人真正举目无亲,完全明白自己哭也无用的时候，是只有拿出力量来解决问题，才可以渡过难关的。

* * *

人生本来就注定要到处飘泊的。因为我们有两只脚，有一个会幻想的脑子。不要把"飘泊流浪"当作是一种可怜的字眼，它正是我们所有人类一生的写照，也是我们应该鼓起勇气去追求的一种生活。

* * *

在外流浪的人比别人经历过更多的风险，也就比别人更懂得人生，比别人多了许多抵抗风雨欺凌的力量。

* * *

能在孤独寂寞中完成使命的人即是伟人。如果你领略过真正的孤独与寂寞，而且你曾经用自己的力量战胜孤独寂寞，而找出自己的路，有了自己的创造与成就，你就可以相信，孤独与寂寞并不如你所以为的那样可怕，因为它对你有激励的作用。

* * *

我们要训练自己不但能动，而且能静。一个只能享受"动"的快乐，而不能品尝"静"的情趣的人，会漏掉生命中很多重要可贵的东西。

* * *

一个人能有机会自发自动地找事情做，是一种快乐，而且也会有成绩。而假如你不由自主地陷入"跟着人家忙"的漩涡，那结果就只有转得头晕眼花，时间白白浪费，结果一无所成。

要在自己内心加一点力量去抵抗不如意的遭遇，而不要认为那不如意的事该先被消灭。假如一个人够坚强，懂得怎样安排自己的生活，不受外力的左右，他自然而然就是一个支配环境的人。

＊　　＊　　＊

鼓励是别人的事，而"自信"才是自己的事。因此，在我们不能知道是否会得到别人的鼓励之前，必须先坚定"自信"。要有独立判断、不依靠别人恩惠的力量，才能保持自己的清醒和坚决，才不致迷失方向。

＊　　＊　　＊

你假如能找到可以用同情和了解的心情来倾听你的人，那当然最好。如果不能，你该把你的心事写下来，写在日记上，过度的抑制和太多的郁闷会像病菌一样的危害身体。

＊　　＊　　＊

人生像是在海上航行，我们自己是一叶叶的孤舟。难得海上没有风浪，而在风浪之中，又难得有人真的能来帮助我们。放眼仔细观察，我们就可发现，获得成功的人都是在靠自己。你可能在必要的时候，求人拉你一把，但你不能希望你永远依赖别人的助力。

＊　　＊　　＊

与其希望别人来帮助自己，不如放下这未必可能达成的希望，试着拿出自己的力量来渡过难关。

＊　　＊　　＊

天助自助者，上帝也喜欢照顾勇敢的人。所以，只要我们不退缩，不逃避，尽管人海风涛险恶，但我们多半都能够化险为夷。勇敢地生活，勇敢地面对苦难，把一切苦难当作我们这一生不能逃躲的考验，通过了这些考验，我们就可到达彼岸。

　　　　*　　　*　　　*

　　海上风涛阔，扁舟好自持。每个人都必须自己珍重。害怕没有用，哭泣也不是办法。不管有没有人来援助我们，我们总得打定主意，凭自己的力量支撑任何危险的局面。

理　想

　　同样的工作，同样恶劣的环境，对有理想的人来说，那只是一时的逆境，终有夜尽天明的时候；而对没有理想的人来说，那就是注定的命运，永远也无法从黑暗无望的环境中解脱了。

＊　　＊　　＊

　　有理想的人能在逆境中看到希望，在黑暗中看到光明。因为他的逆境只是过渡，黑暗也只是一时的过程。

＊　　＊　　＊

　　为了理想的目标而暂时屈就一个自己所不喜欢的工作，那是有远见和坚忍。而没有目的的安于卑微无望的环境，那是无能和平庸。两者的生活方式在表面上尽管相同，但境界上却有天渊之别。

＊　　＊　　＊

　　理想不是空谈，要能屈，而后才能伸。单是不肯迁就现实，而只一味空想，不但不能成功，而且终久会消磨了你当初的壮志，向凡庸平淡的生活低头妥协。

＊　　＊　　＊

　　因为我们知道白昼一定会按时来到，所以我们就不会惧怕黑夜的漫长。

勇往直前谈人生

山坡上那些扶桑花,一直使我感到亲切,因为它们很像我小时候家里种的那一种"大麦熟"。

不知道是谁给那种花取的名字,或许是因为它们开的时候,正是大麦成熟的时候吧?那么两种朴朴素素的深红和浅粉,和扶桑花的花型十分相像。只因我那时候年纪太小,根本不记得大麦熟是草本或是木本,更不记得它叶子的形状及其他特色,也就一时无法求得它们的异同了。

这天,扶桑花又在山坡上摇曳着,引起了我对大麦熟的怀念。我停下脚步,想要看个究竟。忽然想起,大麦熟花有一种青涩的气味。你不能说那是一种"香",那只是很特殊的一种植物的气味。小时候,常常摘一朵大麦熟,拿在鼻子上闻它那青青的涩味。啊!我何不也闻闻这扶桑花,看它是不是也有那分青涩呢?

我俯下头去闻那花瓣。没有。一点也没有。它只是长得和大麦熟一模一样而已。

于是,凭着这点发现,我断定它不是大麦熟了。

我惊奇于人类凭着视、听、嗅、触,去判断外界的事物,这最原始的方法,却是这样的持久而有效。几十年前,对一朵花的气味的记忆,到今天竟然还是这么清晰到能够分辨它们是不是同一种花。也因此想到,自从有人警告我不要闻花,以免花里的小虫钻到鼻子里去,引起严重的脑病,我不再敢那么仔细、逼近地去辨别花香。因此也就不再对后来的花有那么深刻的印象了。

为了保护自己而去学习对环境应有的戒备心,人们称之为一种"教育"。这种教育随着年龄的增长,排山倒海而来,于是,人变得越来越谨慎。人们说,这是一种进步,因此,每一个人都把这些戒备传授给别人,让别人也知道有所戒备。

但是,我至今仍庆幸自己在闻过了许多花之后,才有人告诉我闻花有害的事。使我先已知道了藤罗花的香是甜甜的,月季花的香是略带苦味的,马缨花的香是带着野性的清香,绣球是铁锈味的,那种绰号叫"摔盆摔碗"的白色野花是臭味的,夹竹桃花是中国水粉味的。

我也庆幸自己在被草割伤手指之前,已经抚摸过许多草,去了解它们叶面上有没有绒毛,叶筋是平行的还是放射的;去尝试它们能不能撕开,能不能打卷,可不可以用来编织。

我也庆幸,在我从未听说过"不会游泳的人最好不要划船"以前,已经和同学共划过多次船。在上面唱歌,享受"花开两岸艳阳天"的美景。

我还庆幸自己自少至长,满脑是对自己及对世界毫无理由的信心,在路上有陌生人走来搭讪时,不去过分戒备。总相信,对方是出于善意,那找我问路的人,确实是需要帮助。或许正是由于这种坦然的心情,使对方也只有机会显示他"好"的一面;也或许是因为人间本来就并不那么到处都是罪恶,所以遇到的都是好人。后来,新闻看得多了,才开始觉得每一个独自站在路角看我经过的人,都有几分"贼相",使我提心吊胆。见闻越广,反而越不复有年少时那种"大无畏"的精神。

前些天,一位朋友为了要买一幢旧公寓给孩子住,左谈右谈,左询问,右调查;找代书,问行情,唯恐有失。对方更是对他表示万不信任,缴订金之外,还得要证人,所留尾款要期限,过期要利息,甚至到他往来的银行去调查信用,战战兢兢,步步为营。连第三者地位的代书,彼此都坚持要找自己这方面的。这样谈来谈去,结果还是没买成。看到朋友和房主争论不休的辛苦模样,使我也暗下决心,不再打买屋搬家的主意,以免经验这种人与人间互不信任的悲哀。想到以前几次为了工作方便而买卖房子搬家,所做交易,无论买方卖方,都只是当面一句话。从未互相调查过信用，也未怀疑过付款迟早的问题。一切也都顺理成章，平安无事。人与人间变得如此的尔虞我诈，也是因为新闻看得多了。知道有伪造所有权状的事，有产权不清的事，有和代书勾结欺诈的事……种种特殊偶发的事例，造成了人们以偏概全的戒心。人与人间的真诚与否，是越来越无法保证了。

所以我常想幸亏在学会戒备之前，已经做过许多事，交下了许多朋友，到过了许多地方。在学会戒备之后，即使胆小猜疑，使自己寸步难行，也总算曾经生活过了。

记得那年，只身从北方渡海来台，由一位从小学毕业就没再见过面的同学，帮我买票，送我上船。并临时嘱我上船之后，把自己所携带的仅有的一点钱和相机之类，寄存在船上一位通讯员处，以免船舱里"人多手杂"。那位通讯员，事实上也与我素昧平生。就这样把全部"财产"寄放在他那里。下船时如数收回，从未有一丝一毫的戒心，何等快乐！

如果是现在，说不定会左思右想，情愿把仅有的一点维生之资，随身带着。也许会很丑恶地找对方要张收条，说不定还得让他找个保。即使很勉强地把钱存在他那里，一路上，心中也会七上八下，食不甘味，寝不安席，更别提是否还会有在甲板上和那些萍水相逢的旅客下棋、玩扑克牌、看书、唱歌的逍遥心情了！

"胆大"是来自一种对外界的信心和自己的坦然。这似乎是使人勇往直前，奔向目标的一项最可贵的因素。

常有人问我：

"你十九岁就一个人去乡下教书，独自住在娘娘庙后殿改成的学校里过那煤油灯下的庙里的日子，不害怕么？"

"你一个人，飘洋过海来台湾，举目无亲，不害怕吗？"

"你和你先生，一个来自天南，一个来自地北，彼此身家无从了解就结婚了，你放心吗？"

"你年少时，有独自在战火中，受困危城，与家人隔绝的经验，不害怕吗?"

对这一切,我所回答的"不害怕",不是因为我"勇敢",而是因为我当时并不觉得这有什么需要"勇敢"之处。

人必须在知道危险的时候,才有必要迫使自己"拿出勇气"。我所经过的这些事,是我根本不知道它危险不危险,也从未想到应该问问它危险不危险。

我激赏这一分"根本不想去知道"的快乐无忧。

而我猜想,直到现在,我一定还存留着一些这样的天性,由于某一种对世界的欣赏之情,和急于证明一些问题究竟是如何的冲力,以及对人间的一厢情愿的信心,会去做一些日后才会发现"那很危险"的事。这种一切都要"日后才去发现"的天性,使我在别人看来,也许有点懵懵懂懂;但在我自己看来,却是一种天赐的快乐与幸福,使我不问情由地闯荡人间数十年,失误的时候少,得分的时候多。

最近曾听一位长者谈起,他一直拒绝别人的照顾,是因为"一个人,一旦有人服侍,就不'独立'了"。

我想也是的。一个人,一旦有人成天地跟在后面嘱咐你要处处小心,步步谨慎,你就别想昂首阔步地闯荡了。

人生数十年,实在没有多少时间让我们徘徊瞻顾。我看,自己认为该做能做的,就放手去做吧!等自己真的什么都懂了,就什么都不敢做啦!

* * *

冲破阻力,摆脱牵绊,而可以尽全力去耕耘,去经营,去努力奔赴自己的目标,成绩当然可观。这分力量的得来,所靠的是坚定的志向,和不屈不挠、征服困难的勇气,以及对自己的信心。

* * *

我们生活在一个多彩多姿、不怕创新、不必泥古的时代,每个人都可以大胆地贡献自己的才华。只要脚踏实地去做，就会有被人认可、值得激赏的成就。

* * *

已经过去了的事情，对的，是踏向将来的基石，错的，是未来的借镜。它们的作用在对未来负责，和对未来有所帮助。对已经过去的做无益的缅怀或追悔，只会剥夺了向前拓展的精力，延迟了向前拓展的时间。

* * *

在你的日常生活中，是空想的时候多呢？还是做事的时候多？做事是一种快乐。多少次空想，不如一次实行。每当你完成了一项工作，你都会增加了对自己和对世界的好感与信心。

* * *

摆脱牵绊是一种快乐，也是使自己努力向前、追求进步、产生效率的一种力量。这些"牵绊"往往并非来自环境，而是来自内心。许多你所以为的"牵绊"，其实只是因为你没有用力去挣脱，或只是你自己不肯前进的一个藉口。

* * *

"无往而不利"是何等的幸运。但这"无往而不利"的坦途却往往由你勇往直前的冲力而得来。

* * *

轻快的心情来自责任的完成，也来自对明天的希望。当一个人，觉得自己有值得欣慰的成绩，值得期待的收获，或值得期待的任何生活项目的时候，心上都会有乐于向前奔赴的轻快。

* * *

太轻的东西由于冲不破空气的阻力，所以抛不远。真正的轻快，必须来自适当的重量。心情上的轻快，与向前奔赴时的轻松，正是来自内在的充实。

* * *

勇往直前不是任性与莽撞；它的动机是纯洁与真诚；它的出发点是善意与无私。它的目标光明正大，不会损害其他的人。

* * *

如果是为一己之私或邪恶的目的去奔赴，那就不是勇往直前，而是飞蛾扑火，惹火焚身，因而害人害己了。

* * *

所谓朝气，是一种神清气爽、平和而又坚定的生活情调。正如一首节奏明快、旋律清朗的音乐，轻松愉快，目标稳定，精神焕发；能按部就班，因而在振奋怡悦的心情中产生最高的工作效率。

* * *

个人的朝气是表现在工作的勤奋，社会的朝气是表现在推动公众事务的速度和每个人对公众事务的关心。

* * *

当大家能够热心地希望把一切做好，不但自己独善其身，而且勇于付出力量兼善天下的时候，我们的社会就显出了朝气与灵活的生机。

面对现实

我的祈祷

让我不要祈祷在险恶中得到庇护，
但祈祷能无畏地面对它们；
让我不乞求我的痛苦会静止，
但求我的心能够征服它。

让我在生命的战场上不盼望同盟，
而使用我自己的力量；
让我不在忧虑的恐怖中渴念被救，
但希望用坚忍来获得我的自由。

允准我，我虽是一个弱者，
只在我成功中觉到您的仁慈，
但让我在失败中找到您的手紧握。

——泰戈尔

这首诗对于正在经验生命途程上的波折的人们，是一个最好的鼓励。有许多人认为进教堂是在求逃避，也确实有许多人，当遭遇到痛苦、失望和打击的时候，不去面对它，而去逃避它，不由自己内心去寻找抵抗痛苦和解决问题的力量，而去希望痛苦自动地消失，或希望得到神的庇护。

泰戈尔这首诗中说到"让我不乞求我的痛苦会静止，只希望我的心能够征服它"。因为把希求寄托在别的东西上，那希求是渺茫的，是靠不住的，而只有你自己属于你自己，可以支配你自己。你要你的心发挥力量去征服痛苦，它多多少少，总比别人更容易听从你的指挥。

简单说来，这也就是坚强独立，自求多福。

用自己本身的力量征服痛苦，渡过难关，是一种快乐，这种快乐是一种胜利的快乐。正因为这种胜利得来很难，正因为和痛苦战斗的时候十分困难和艰险，所以最后胜利的凯歌才更加动人和响亮。

拿破仑有一句豪语："不经艰险而征服，胜利也是不光荣的。"这句话充分流露出一个坚强勇敢、所向无敌的人的那份豪气！

朋友们！当你痛苦时，想想别人更深重的痛苦吧！当你以为你已经失去了生活的勇气时，想想世界上那些由艰苦中奋斗出来的人们吧！他们并不比我们多一些什么天赋，所多的也只是一点坚强不屈的精神而已。

"让我在生命的战场上不盼望同盟，而使用我自己的力量，让我不在忧虑的恐怖中渴念被救，但希望用坚忍来获得我的自由。"一个人必须自助，然后才可以得到天助和人助。

生命的战场上不是没有同盟，只是，这些盟友只能做我们精神上的"啦啦队"，帮你加油，使你自信，而一切的赛程却还是要靠你自己的力量去完成。我们并非不要亲友们的情谊，而是要先发挥自己的力量，不能完全仰赖别人。

托尔斯泰说："当困难到来的时候，有人因之一飞冲天，也有人因之倒地不起。"每一个新的困难或新的痛苦，对我们都是一种考验。我们生命中决不会没有困难，所以有人说，生命根本就是一连串的战斗。你今天克服了这样困难，明天还有新的困难。你刚刚由一种痛苦中挣扎着站立起来，接着还会有新的痛苦。然而也正因为如此，我们才会有进步，才会有发展，没有这一连串的战斗，就不会有一连串的胜利。只要我们够坚强，我们就会像参加障碍竞走那样，跑完全程，到达终点。

人生逆境

每个人都可能有环境不好，遭遇坎坷，工作辛苦的时候。说得严重一点，几乎可以说，在我们每个人降生到这个世界以前，就被注定了要背负起经历各种困难折磨的命运。

但这并不是说，因此就该认定人间没有乐趣，或生命没有价值。我们虽然被注定了要靠劳力、靠工作来维持自己的生活，虽然被注定了有七情六欲来品尝人间各种各样的离合悲欢，但在另一方面，我们却有机会欣赏这有鸟语花香的世界，我们还有智慧可以体味人间苦乐的真谛，我们也还有心情来领略人间的爱心、善良和同情是何等的珍贵。总而言之，和我们所付出的代价比起来，我们的收获是值得的。

我常把人生比做一次旅行，辛劳和苦难算做是我们所不能不花的旅费。而在这一趟旅程中，我们可以得到各种各样五色缤纷的经验。当我们痛苦的时候，可以当作那是我们在旅途中的涉水跋山、走狭路、过险桥。而当我们快乐的时候，那是我们到达了风光明媚的处所，卸下了行装，洗去了风尘，在欣赏留连。也正如旅行一样，不在某一处风景区永远停留，而只能在驻足一阵之后，就又该背起行囊去寻觅另一处佳境。

因此，人间的苦苦乐乐，我们都该把它看做理所当然。做生意顺利的时候，财源滚滚而来，取之不尽，用之不竭，那是顺境。一旦遇上风险，逆境来临，就又要过一过节衣缩食的苦日子。不够坚强的人当逆境来临时，就难免会匆匆结束这次旅行，提早承认自己的失败；而假如我们够坚强，就该明白，我们就是为经历这些风险而来。

作为一个像样的旅行家需要勇气，也唯有有勇气承担旅途风险的人才可以到达人生的胜境，才可以领略到一般人所领略不到的"化险为夷"

"夜尽天明""腊尽春回"等等的乐趣。因此，逢到逆境时，我们要忍一忍、熬一熬，再多拿出一份勇气和信心；不要只看旅途的艰苦，而要把希望的灯光点亮，去照见那你所想要去的地方。

我们每一个人都有受到环境压力的时候，但在这时候，你与其悲伤流泪，就不如将就自己既有的条件去慢慢耕耘，等一旦机会来临，自己也有了足够的条件去应付了，境遇就好转了。许多事实使我相信，一个人的生活需要可以缩小到最小限度，而一样保持乐天达观的心情。只要你自己不让自己消沉灰颓，环境是不能把你怎样的。

懂得旅行乐趣的人，往往对平坦好走、容易达到的地方没有兴趣，而偏偏喜欢去找那些险峻的山，未开发的林，或没有人烟的岛。他们认为旅行的乐趣在于克服那些途中的困难，在于到达别人所不易到达的地方，在于发现新的佳境。

懂得人生的人也是一样，他们往往不喜欢平稳凡庸的生活，而有胆量去尝试一些困难的、冒险的，但却有内容、有意义的生活。因为他们知道，当困难克服了，险境过去了，他们才会尝到一些人生的真味，他们才会真正懂得人生的苦是怎样的苦法，乐又是怎样的乐法，贫穷的滋味怎样，失恋的滋味如何，而他们最大的收获却往往是成功的快乐。

俗话说："吃得苦中苦，方为人上人。"所谓"人上人"并不是一般功利的想法，而是说，他可以在生活上比一般人较为豁达开通，眼光远大，做起事来可以得心应手。如果我们从小就安安稳稳无风无浪的像花朵一样生活在暖房里，我们所见的天日就只有那一点点，所能适应的温度也就只有那一点点，那还有什么意思呢？

初生之犊不怕虎
——保存我们的朝气

一个初学钢琴的小孩,他只有六岁。有一天,他看见客厅墙上挂着一张贝多芬的像片。他问这是谁,我告诉他:这是世界上最伟大的一位音乐家,他不但是位钢琴家,而且他所做的曲子更是世界第一,没有人比得上。

这个小孩听了,马上很不服气地说:"哼!我比他聪明!我比他更好!"我们当时都大笑起来。

但是,等我们笑完了之后,我却想到,也许这没有什么可笑。我们当时笑,是笑他坐井观天,诬天渺小;不知天高地厚,竟敢拿渺小的自己去和伟大的古人相提并论,而且大言不惭,竟敢说自己"比他聪明,比他更好!"这真是不知自量。但是仔细想来,这个敢说自己比贝多芬聪明的孩子,他是对的;因为他有理由相信他今后可能有机会证明他这句豪语。

世界上很多伟大的天才,在他默默无闻的时候,谁也不知道他会有朝一日爬上成功的巅峰;会成为全世界崇拜景仰的偶像。当时,如果他说他要超过某某名家,说他比当时的某某大师更聪明,一定也会使人笑不可抑,认为他是在痴人说梦。

我们一般人通常都是给一些成名的人物吓住了,觉得只有那些人才是了不起的天才,只有他们才配爬上成功的宝座,而和他们相形之下,自己真是渺小可怜,决不敢存丝毫与他们一争短长的念头。结果,也许就因为如此,而把自己本来可能有的成就都埋没了。

俗语说:"初生之犊不怕虎。"初生之犊,因为没有经验过阻挠和风险，一心以为自己是这个世界上最能干、最强和最幸运的。但是，当它慢慢长大，慢慢尝到了失败和挫折，也看见了世界之大的时候，它就懂得怕老虎了。而且，它不但怕老虎，连比它弱小的，事实上并不会危害它的东西，也莫名其妙地怕起来了。

我们小的时候，因为没有见识，倒反而有一股豪气。越是小学生的作文里，越多成大功、立大业的梦话。以后，这种梦话逐渐减少，逐渐不敢形诸笔墨，怕人见笑，只得把这种近于狂妄的大志存在心里。直到后来，实在看得多，听得多了，于是，自己就被别人的聪明才智与成就，吓得连在自己心里已不敢立志了。

于是，一个夸大自豪的孩子，就变成了一个庸庸碌碌、混吃等死的成人。这个成人是这样世故，这样谦卑，这样圆滑。没有人再笑他狂妄了，连他自己也满意于自己现在修炼得如此之功德圆满，认为自己终于懂得了做人的道理，懂得了崇敬别人，贬抑自己，这真是再好也没有了。回想起以前小学生时代所立过的大志，自己也不由得要脸红；而且开始训戒别人，告诉那些立大志、自命不凡的孩子说：

"你其实并没有什么了不起！"

"你不可能超过那些功成名就的伟人的，你太渺小了。"

而且，当他听见孩子们说要超过某某名家的时候，他就笑得要命，认为孩子们实在太幼稚，太不知天高地厚了！

其实，这是成人的悲哀。一个人到了承认自己平凡渺小，只剩下赚钱吃饭以终天年的时候，他所有天赋的才气就无从发挥了！

我们不应该希望孩子们也像我们这样的谦卑；当我们的朝气逐渐被岁月磨蚀的时候，应该替孩子们珍惜一下他们"目空一切"的狂妄。

当孩子们因为见闻不广，而自以为是的时候，我们能否不讥笑他们，而想办法因势利导，去给他们以适当的鼓励？

当一个孩子利用自己的头脑，潜心研究出一项他所以为的"新发明"的时候，我们能不能不因为这是世界上最简陋的一项发明，而耻笑他？

我们不应该对一个孩子苛求，希望他第一样做出来的东西，就是人造卫星（人造卫星也是要经过无数次的尝试，不断的改进才有今天的成绩的）。

　　研究与发明可以由简陋逐渐进步到完美。我们似乎应该告诉年青朋友：尽管我们对前人的才能与成就要崇敬，但对自己的才能仍要给予信心和希望。只要我们能始终保存着一股朝气，任何远较前人更伟大的成就，都是有希望创造出来的！

励志小语

无论做什么事,要先有目标,目标既定之后,就不可以再翻悔。对学问事业尤其应该掘井及泉,不可见异思迁。西哲也说:"与其花一生的时间去掘许多浅井,不如花一生的时间去掘一口深井!"正与曾国藩所说"掘井及泉"不谋而合。可见无论古今中外,为学做事都贵在一个"专"字。因为人生时间有限,不可左顾右盼,一再蹉跎。

* * *

苦难是成功途中的考验,懦弱的人难免在苦难之下被淘汰,只有坚强的人才会走完自己认真想的路程。

* * *

"皇天不负有心人。"所谓"皇天",其实正是我们自己精神和力量的化身。只要我们咬紧牙关,不被外力所动摇,不久之后,必会越过那些曾经讥讽过、阻碍过我们的,而到达自己理想的境界。

* * *

请记住!尽管人们对你嫉妒或嘲讽,成功总归是你的。你不需要他们什么。你知道吗?人间固然不乏同情、善意、温暖和帮助,可是,也有更多的时候,我们每一个人都必须凭自己的力量孤军奋战。在这种时候,别人帮不了我们什么忙。当我们必须自己去打这一仗的时候,最好还是鼓起勇气前进吧!

＊　　＊　　＊

　　朋友！每个人都有他自己尚未发现过的内在。你也有的！

　　＊　　＊　　＊

　　一个人是否有足够的"志气"，直接决定事情的成败。我们只要不放弃自己的愿望，不改变自己的初衷，在自己认为最合适的事情上面去求发展，就自然会有成功的一天。

　　＊　　＊　　＊

　　"唯有埋头，乃能出头。"急于出人头地的话，只有使自己紧张焦虑，而无心耕耘。像一粒种子，你要想长大，就必须先要经过在泥土中挣扎的过程，不肯忍受被埋藏的苦闷的话，暴露在空气中一个短时期之后，就永远失去了生机。

　　＊　　＊　　＊

　　因为你不愿自己永远被埋没，你才必须忍受暂时的被埋没。不要因为看不见收获而以为永远见不到光明。

　　＊　　＊　　＊

　　打击和失败的耻辱有时反而可以成为一个人积极向上的力量。今天的失败可能是日后的成功。

　　＊　　＊　　＊

　　任何环境都可以造就杰出的人才。贫穷困苦的生活固然造就了不少伟人，富贵安逸的生活对真正肯积极向上、有抱负、有理想的人来说，也并不会使他们耽于逸乐而埋没了他的天赋。

* 　　* 　　*

　　不要在失败的痛苦中倒下去！我们要做强者，要做"不倒翁"，要做坚毅的舵手。尽管人生的海上风涛险恶，可是，我们要把舵掌得稳，在旅程没有走完之前，不要放弃努力。

　　* 　　* 　　*

　　当事情失败的时候，越怨别人越觉不平，也越难使心情恢复。而假如我们肯把别人的心情拿来检讨一下自己，尽管真的是错不在我，也总多多少少可以找出一点自己所应负的责任来。只要找出一点点，在理智上，我们就可以心平气和了。当一个人心平气和的时候，才可以有较为清醒的头脑去为自己再决定一个新的方向。

　　* 　　* 　　*

　　"失之东隅，收之桑榆。"失去的东西并不一定真是你的损失。许多事实证明因祸可以得福，只是看你有没有力气承担一时之间的痛苦而已。

　　* 　　* 　　*

　　如果你没有成功，那是你耕耘的工夫还没有到家。不要痛苦和抱怨，而是要接受失败的教训，再做新的打算。

　　* 　　* 　　*

　　不要羡慕别人一时的幸进！时间会筛掉一切不真实的东西。

　　* 　　* 　　*

　　往往一件事情的失败只是因为你在最后关头停止了前进，你是否会功败垂成，只看你有没有再坚持那最后的一刻。

* * *

当我们面临一件困难的事情时,当我们从事一件有创造性的工作时,往往会被自己想象中的困难吓倒,使自己失去了信心,而事实上,这困难远比我们所想象的轻松得多。因此,当你要做的时候,尽管去做,与其不尝试而失败,不如尝试了再失败,何况,你并不一定会失败。

* * *

有些偏激的人们认为:"人与人间的关系都是互相利用的。"这句话固然有一部分道理,但我认为不如把它改做"人与人的关系是互相帮助的"。"利用"是以自己为出发点,"帮助"是以别人为重心。它们的结果尽管很相像,但在事实上却不大相同。它所影响到人们的苦与乐也是完全两样。

* * *

年青人不满现实是正常的现象,只因年青人不满现实,希望改掉那些黑暗丑恶的,创造光明善良的,我们这个世界才会有进步,只要你的不满不是消极的,只要你能避免消极厌世、孤僻多疑,而把牢骚转化为披荆斩棘的精神,将来就可以发现,你的一双手会帮忙推动了这个世界。

* * *

惊涛骇浪如能顺利渡过,也未尝不可使生活增加一些壮丽的色彩。让我们以欣赏之情去迎接壮阔的人海波澜吧!

* * *

我们每人心中都有两派敌对力量。一派是妥协的力量,一派是挣扎进取的力量。这两派力量差不多天天都在交战。它们也许为大事情,也许为小事情。它们彼此都有战胜的时候。一个成功的人就是因为他经常让挣扎进取的力量战胜而得到成功的。你不要以为这很容易，因为这是一个人自己和自己在打仗。他得要拿出比打别人多一倍的力量来才可以战胜自己。

* * *

请你记住一句话：我要战胜自己！因为只有你自己会使你自己妥协；环境是不会的。

处世小语

处世·交友

因为我们总固执自己的成见,因为我们很少用同情和爱心去为别人设想,所以我们才容易陷于孤立和寂寞。

* * *

人与人像一部机器中许多相关的机件。我们必须和谐相处,忠诚合作,才可以使自己从中得到成功和快乐。如果互相掣肘,受影响的当然不只是对方,而一定会影响到自己。

* * *

每个人都有他的好处,每个人都有他值得同情的地方。即使大家认为很坏的人,假如你和他深谈,你也会发现他的隐衷,和他那不会显现的优点或长处。发现一个人的优点,并且去爱他,这是一种绝大的快乐。有心人不妨多去尝试。

* * *

每个人都有缺点,正像每个人都有好处一样。如果你只注意别人的缺点,那你就会处处碰到敌人,把自己陷入孤立无援的灰暗之中去。如果你多注意别人的好处,用同情和仁爱去影响别人,使他能看到自己的缺点,而慢慢改正,你就会处处碰到信赖你爱戴你的朋友;你的生活中就会充满了温暖,和平与快乐。

*　　*　　*

在我们的生活中，总不免会和别人发生一些小小的误会。在发生误会的时候，也就是我们运用克己恕人的精神的时候。不管误会因何而生，我们总应尽量主动地去向对方解释，不要固执矜持，任小误会扩大加深，造成彼此之间更大的裂痕。

*　　*　　*

在初交朋友之间，适度的诚恳和应有的礼貌可以避免因不了解而生的误会。

*　　*　　*

用感情软化之后的敌人可以成为朋友，被强硬态度吓倒的敌人却仍然是一个心腹之患。因为他"心有不甘"，随时都准备着乘机再起，报仇雪恨。

*　　*　　*

平常我们劝人不要和人计较的时候，常说："算了吧！何必和他一般见识！"这话往往很有效验。因为当我们觉得对方不值得自己和他计较时，无形中就显得自己是超然和宽大的了。我们不和别人斤斤计较是由于相信自己的品格和见识，而认为用不着再多费唇舌去辩论了。事实上，我们也常发现，喜欢生气，动辄与人争吵以逞一时之快的人，多多少少，总缺乏一点自尊和自信。

*　　*　　*

只有有自尊心的人才能尊重别人，也只有有自信心的人才知道如何相信别人。人与人之间靠互相尊重和信任，才能真正合作，才会使我们感到人间的温暖和快乐。

* * *

人间一切关系都不能只取得而不付出的。交朋友如只希望从朋友处得到照顾和帮助，而不准备为朋友付出自己的慷慨和义气，是永远达不到真正好朋友的境界的。

* * *

我们一生，在有形无形之中仰赖别人的太多了！而我们究竟对那些于我们有恩惠有助益的师长、朋友、同事、同学，以至于许多直接间接为我们做着我们自己力量所不能完成的事情的人们做了些什么呢？

* * *

如果每一个人在与别人相处的时候都先想到别人，后想到自己；多想到别人，少想到自己；那么，这世界上不但可以增加很多欢乐与和气，而且可以减少很多悲剧和恨事。

* * *

朋友有好几种，有的朋友是"有用"的朋友，你有求于他的时候，他会很慷慨地、不辞辛苦地帮助你。又有的朋友不是"有用"的朋友，而是可以谈心的朋友。这种朋友对你的思想情感和内在有启发和安慰的作用。他可能不会在实用的事物上帮你的忙，但是和他在一起时，会使你觉得如面对美景，心旷神怡。又像是在读一本内容丰富的书，使你的内心品德得到益处。因此，在交朋友之际，不可只看对方对自己是否有用，而更要问对自己是否有益。

* * *

有许多人的善意和友情是比较含蓄的。也许，它会在你想不到的时候突然出现；也许有一个你从未注意过的人，在你最需要帮助的时候拿出他慷慨的友情。

* * *

不要以为我们看不见的东西就是不存在。在我们一生中，一定会有机会发现一些不使我们失望的人，他们多半是那些埋头苦干，尽自己本份，不求闻达的人。那时候我们会奇怪当初为什么忽略了他们！

* * *

不要轻易放弃一位可能是朋友的人。留住再度相见时候那种可以想象的快乐！没有多少人是不值得我们付出友情的。

* * *

没有人是真正不需要友情的。越是表面上孤独怪癖的人越是渴望着朋友。如果你能用坦诚同情的真心去了解对方，用温暖的友爱去融化对方，使他的内心为你开放，你就会了解到他的友情是多么可爱！你自己也会体尝到一种完全不自私的快乐。

* * *

宁静快乐可以养心。一个时常紧张烦恼，患得患失的人，精神上的损失是很大的。因此，我们要练习遇事要镇定，袪除患得患失的心理。要常想：只要自己尽力而为了，事情的发展如何就不要再去做无谓的担心或揣测。对自己周围的人和事，最好多用善意与乐观的态度去对待，不多疑，不用心计，就较容易保持快乐泰然的心境。

* * *

谨慎谦和可以保身。有时因为我们年轻气盛，有时也许因为我们太自负骄傲，因而忽略了谨慎与谦和。谨慎包括说话的谨慎和做事的谨慎，也就是古人所说的"谨言慎行"四字。谦和包括自己内心的谦虚和对人的礼貌。忽略了"谨慎谦和"这四个字的结果，往往会在无意中得罪了人而惹来意想不到的麻烦。我们并不是怕麻烦，而是因为我们愿意把精神用在更有意义的事情上，因此希望生活中不要发生意外的枝节。

* * *

读书可以广智，宽恕可以交友。当你有机会读书的时候，请不要放弃读书的机会。当你能以豁达光明的心地去宽容别人的错误时，你的朋友自然就多了。

* * *

知足可以常乐。所谓知足并非"安于现状，不求长进"的知足，而是我们对自己所拥有的一切，好的要感谢，坏的也不要抱怨。多反省自己所未曾尽力的地方，多想一想世间那无数还不如自己的人们。由知足而产生积极进取的力量，这就是快乐生活的起点。

* * *

勤俭可以起家。勤俭不但可以起家，而且可以使我们由于勤俭而经常保持一种活跃蓬勃的生命力。我们不难发现，许多长寿的人都是勤俭的人。

自制·克己

一个人如想不被人无理轻视，不被人随便欺侮，就先要使自己的学识才干积极地有所表现，用实际的成绩使对方知道你决非不如他，或慑于他的声势，而只是不愿和他一般见识而已。

* * *

朋友！你因别人负你而伤心吗？请你相信，假如是他对不起你，那该受惩罚的是他，而不是你，更不是除你自己之外的那些无辜的人。

* * *

不要为一件不值得的事或一个不值得的人，付出太多的心血！眼泪要流在同情你的人的面前。那已经背弃了你的，他对你宝贵的眼泪一点也不在意，你为什么不让他有一天也看看你的坚强，你的成功和骄傲呢？

* * *

我们降生在这多彩多姿繁华绚烂的世界上，就应该很有志气地活下去。活给自己看，也活给爱自己的人看，更要活给那瞧不起自己的人看。

* * *

"清者自清，浊者自浊"。别人的闲话中伤不必放在心上。谣言等于是一缸浑水，解释的话等于是越搅越浊。静静地等着它，它自会澄清。如果你平常为人做事都很正直，别人一时的误会是不会真正伤害到你的。

* * *

"但行好事，莫问前程"。我们只要不断地做好事，到了必要的时候，这些好事就都是志愿来帮助你的证人。遇到不能用自己的力量去洗清污点时，这些你所不知道的证人自然会出来解救你。

* * *

"种瓜得瓜，种豆得豆"。我们平常在地上随便撒下的种子，到了适当的时候，都会出乎我们意外地发芽长叶，显示出它们的善或恶。我们如不在撒种子的时候小心选择，就无法在它结果的时候再去控制。

* * *

"岂能尽如人意，但求无愧我心"。一切事只要自己问心无愧，不曾主动地去与人为敌就可以心安了。至于别人怎样待我，我们既无法强求，也就不必强求了。

* * *

"万两黄金容易得，半个知己也难求"。知己是难求的，因此如你遇不到知己，你不必抱怨；你遇到了知己，却千万不要错过。

* * *

"己所不欲，勿施于人"。如果每一个人都能设身处地地为别人想一想，人间自然会多一些愉快与祥和。

* * *

处处抢先，事事占便宜的人多半要付出更高的代价。

* * *

当你能找到公平讲理的地方时，你不妨去找，不妨去讲。但当你不能的时候，你也只有尽自己的所学所能，做你自己认为对的，不要同流合污就是了。

* * *

日常生活中，使我们心情感到沉重的事情很多。减轻这种心头负担的办法，最好是赶快去面对它。因循、逃避不但于事无补，使自己更加不安；而且会加深了事情的严重性。

恕　人

　　有光的地方就有阴影。即使同一个人，他在性格上也一定同时有他可爱的地方和不太可爱的地方。

　　　　　　＊　　　＊　　　＊

　　人间有善有恶，有美有丑，有爱有恨。只要我们多发掘光明善良的一面，并设法对罪恶与憎恨用宽容冷静的态度找出它们的成因，或它们不得不然的隐衷，我们就会对人生多有一点信心和好感了！

　　　　　　＊　　　＊　　　＊

　　墨子说："乱自何起？起不相爱。"假如人与人除了互相利用之外，就是互相憎恨的话，天下就不能不乱了！

　　　　　　＊　　　＊　　　＊

　　"会了解就会宽恕"。如果你了解人人都不免自私，你就不会对他们这样生气了。有时，我们如能冷眼旁观人们的自私小量、口是心非的形形色色，也可以对人生有所领悟。人生就是这个样子的！不必太苛求，也就不致愤世嫉俗了。

　　　　　　＊　　　＊　　　＊

　　"植物似的，动物似的，人也是土地的产物"，我们是自然界的一部分，因此，我们应该爱自然界像爱我们的家一样。当我们痛苦或喜悦的时候，我们也要相信，"这痛苦，这喜悦，迟早都要交还给我生长的地方，化为微尘，消失得无影无踪的"。当你这样想的时候，你就够豁达了！

* * *

我们与其痛恨厌弃那些卑鄙丑恶的人和事,倒不如去欣赏和同情他们吧!他们也许有许多你所想象不到的苦衷,他们也许只是人生舞台上的一个丑角。假如你用同情和悲悯之心去和他们相处,你就可能有机会发现他们或许也有许多委屈或不平。

* * *

你也曾有过喜欢搬弄是非、制造流言的邻居或熟人吗?他们的无聊行为是否也曾令你感觉困扰或气愤呢?

假如你知道,古今中外到处都有这一种人,而且你明白他们是多么可怜,你就不会为他们而生气了。

因为他们多半受的教育不多,见闻也少,眼光浅短,生活圈子狭小。他们除了自己周围的那一片小天地和那一小群人之外,不知道还有广大的世界。他们多半很闷,生活单调,缺少变化和刺激。因此,他们愿意制造一些故事,好使一潭死水似的生活起一点波澜。

如果你怜悯他们的浅薄,你就不会再为他们的行为而气恼了。

* * *

人们大多喜欢看戏、看电影、看小说或听故事。喜欢欣赏别人的喜怒哀乐和悲欢离合。因为人们可以由别人的故事中发现自己,使自己的情感藉别人的故事而得到发抒。

少数浅薄的人喜欢探听别人的隐私,制造故事,传布流言,唯恐天下不乱,也无非是基于这种心理。

因此,假如你了解他们,并能原谅他们的无知和肤浅,就可以不去和他们计较了。

散文篇

雨丝·绿海

　　下雨天,我的窗外真美!那一片绿绿的稻田,好大的一片,像一片海。而我这小楼就像一只船。远远那两丛树林掩映的村舍和稍近一点的那长着芒蒿的小丘,是这绿海上的岛屿;那环抱着我们的群山,在有雾的时候就不是山,而是云,是灰色、紫色、深蓝、淡青的云;而那些挺秀的电杆呢?那是帆樯,悠然地点缀在这绿绿的海上。

　　雨,静静地落着,落在稻浪上。深深密密地溶入那无边的绿海里。于是,你禁不住要俯在窗口,向那如丝的雨凝望。你是多么想,想自己变成那只在绿海上翩跹着的白鹭,扑在那柔细清凉的雨丝里,让它冲刷抚慰着你的头颈和你赤裸的背。你是多么想,想投身到那被雨水淋湿的稻浪里,泳着,拍打着雨水的花朵和稻浪的波痕,让你莹洁纤细的身体,没入那深深沉沉的绿海,去捕捉那柔柔细细的雨丝!

　　而当有风的时候,雨丝如珠帘般的,在淡灰的天幕前畅快地斜斜地扫过去,扫过那波涛汹涌的稻浪,在那波峰上激起一片白濛濛的雾,给稻浪涂染上一抹梦痕。

　　你更会爱那不知什么时候出现的两朵深红的伞花,持伞的人没在深深的稻浪里,只有那两朵圆圆的深红,在浅绿的海面上飘着、飘着,慢慢地,不像是要到哪里去,而只是无目的地那么飘着,在斜风细雨里。

　　你能不想到"青箬笠,绿蓑衣,斜风细雨不须归"的诗句吗?

　　爱雨的人是不想躲开雨的。让那雨丝的清凉,洗去你心灵上的尘;让那雨丝的安闲,抹去你思想上的俗;让那无声的、从渺远不可知的云中来，落入深深沉沉的绿海中去的雨丝告诉你，那些躲在房中、关紧了门窗的人们，所永远不会了解的，雨丝和绿海那心底的爱和永恒的诗。

多希望你来！来看看我未关的窗，来看看我被雨丝沾湿了的窗帘，来看看为爱那如丝的雨而不肯关窗的我。

彩色的联想

时常有些颜色以惊异兴奋的姿态跳进我的眼睛。那颜色与视觉接触的一刹那，就立时激起一种甜蜜欲醉的情绪——它使我联想到一些生命中美好的事物和快乐的记忆。像一张张抽象的朦胧的画幅，以不可捉摸、无法言传，而又异常强烈的力量，激起心情的一片回荡。

比如说，在浅灰色的柏油路上，忽然驶过一辆深粉红色的小轿车。那粉红色深得好鲜艳，就正像我小时候吃过的一种圆形的糖球。深粉红色和白色交缠着，绕着那糖球，含在嘴里，甜甜的，硬硬的，好久才能化完。而那深深的粉红又是多么像我小时候用过的一种"电光"手工纸！那种纸，闪亮的，深粉红的，又平，又光。放在课桌上，像一方缎子。老师让我们做剪贴。于是，我把它剪成一朵朵笨拙的桃花，贴在记忆的白纸上。

它又好像我在乡下看见邻家姑娘用来绣枕头的一种丝线。那么柔，那么细，那么一种深得乡气的粉红。她把它剪开，用一个纸捻扎在中间，小心地把它夹在《鼓儿词》的唱本里，一绺一绺的。然后，她再慢慢地把它绣在白府绸上，绣一朵牡丹或是荷花。

又有时，我看见那么一种深深苍苍带蓝带黑的绿。这绿，很少见，就因为它很少见，我才在每次见它的时候，都回想到小时候用过的那一种深深苍苍的绿色的电光纸。我用它剪树干，做树叶；也用它铺在我记忆的底层，用小刀在上面划些经线，然后再用另一些彩色发光的手工纸，剪成缤纷的彩条，用一片细细的竹篾，引着它们，穿过深苍的记忆，编织成一些花草房屋的图案。一张又一张的，悬挂在生命的成绩栏里。

还有一种流行的漂亮的浅蓝，闪着一层珠光，晶莹如锦缎般的浅蓝。

这浅蓝,每一触目,我都立时联想到小时候玩过的那些珠串。

那时候,有那么一种外皮既脆且薄的彩色珠子。它们的颜色很多,有白、有绿、有红、有黄。但在我记忆中存留得最久、最清晰的,却是这种浅蓝。那时,班上的女孩子们每人都有一大串一大串的这种珠子,把它们依照颜色穿成各种色调不同的彩线,拿在手上抖着,发着闪亮。跳着彩色,流动着欢乐,闪烁着幻想。而那蓝色的部分总是格外鲜明。它们像一些水滴,一串雨点,一排檐溜,一泓笑出来的泪珠,推挤着,追逐着,嬉笑着,流动着。那光滑,那晶莹,那透明的如天空般的蓝,如小女孩眼眸般的蓝,永远那么愉悦、鲜亮、宁静,而又清纯。

我又喜欢凝神搜索记忆中那一段嫩绿和鲜红丝线织成的"华丝葛"衣料。母亲用它给我做了一件过年穿的棉袍,那年,我8岁。

在多少新衣之中,我唯记得这一件软软的、红绿相间的"华丝葛"。尽管它红得艳、绿得俗,但就是那俗与艳,才画得出那个时代的童年,和那个时代除夕的欢娱,那个小女孩,头上梳着发辫,扎着新的红色头绳,脸上拍着红胭脂,穿着红红绿绿的"华丝葛"棉袍。桌上燃着红蜡烛,屋子里烧着炭火盆,火盆的铜边擦得雪亮。

那红和绿,是第一等的温馨和欢跃。

还有一种红,那是一种深暗的,属于秋天的红。那是北方秋天爬山虎的掌叶。

在那一串宁静的秋天里,我们只爱校园墙上那越来越多的红叶。在散步的时候,把它摘一些下来,夹在书页里,留住一个年轻的秋天。或把它画在纸上,做书本或笔记的封面。配一片银色的底子,像一袭银色软缎的衣裳,饰一朵深红的襟花。忧郁中带着希望。

还有一种青莲紫。由很多的蓝,极少的红,配成的那么一种蓝紫。没有多少人敢穿这种紫,但我记忆中有一个画面——那也是秋天。

萧索的秋。云浅淡,叶枯黄。而素淡的街道上,飘过来那么一个穿青莲紫色旗袍的女人。她个子高,还穿了三寸高的高跟鞋。那鞋,竟也是青莲紫。她的步子好长、好快、好轻盈。那两条腿好美、好有力地在长旗袍的开叉下闪过。她是一个舞女。

很少有那样够资格的舞女，能在秋天午后的街道上，给人如此强烈而恒久的印象。她给人的印象是：

世界在她的步履下显示出韵律与生命。

你如问我："在众多的颜色中，你最喜欢哪一种？"

我却忽然想到，我只喜欢灰。

我之喜欢灰，是因为它不会干扰其他的颜色，它可以接纳粉红、苍绿、深红、明蓝以及青莲紫。

灰是一种没有成见的颜色。它和平、安静、冲淡，带着一点不侵犯别人的沉郁去包容别人。

教绘画的老师曾告诉我们："试着把各种颜色混在一起，它们会变成一种或深或浅的灰。"

是的，灰是所有，灰也是虚无。它容纳一切，但它不显示任何。它是静观，是默察，在众多彩色的汇集下，灰色最为永恒。

因此，无论多少种强烈鲜明的颜色闪过，在我看来，它们只是一些泡沫，一些点缀，一些偶然。当我静下来时，我只爱那注满宇宙的，那一片水溶溶的，淡漠而充盈的灰色。

声音的联想

入春以来，在静寂的清晨或午后，常有一大群麻雀，聚集在后院的尤加利树巅。那轻俏的哨音，时而一点一点，时而一串一串，时而独吟，时而合鸣，玲珑剔透；如水晶，如银铃，如雨点，如珠串，流利晶莹，在树梢的谱表上，点着音符；小小的，加着装饰音与弧线的，那么活泼俏俐地跳过来，滑过去；又跳过来，又滑过去。这一串串的音符，就织成了一片蕴藏着生机的宁静。在这样的宁静里，一切的俗世纷争、名心利欲、得失忧患，都如旧梦般地淡去。只觉置身在简单淳朴的大自然，回返无知无识的天真。那一刻的宁静，不知胜读多少修身养性的书篇。

多年来，在都市里奔忙，都市是属于"人"的世界，是属于"机器"的世界。这世界的一切音响——包括音乐会的音乐在内，都毫无美感可言。它们嘈杂、吵闹、拘束、紧张、虚伪、造作。因此，我常捕捉远处偶尔传来的一声鸡啼。有时是在清晨，有时却在阴雨未晴的午后。但不管是在清晨，或在午后，那一声孤独而悠然的长鸣都可以给我带来很久很久的宁静，很多很多的对田园生活的怀念和向往。那生活——缓慢的拍子，低舒的节奏，宽敞的空间，辽阔的视野，多量而简朴的食粮。淡泊的襟怀，飘逸的想象。在那样的生活里，人属于自然。在那样的生活里，才能触摸到生命的真谛。在那样的生活里，人们才不至把自己逼得那么高，那么尖锐；才不至把渺小的自己吹胀到使自己无法负荷的那么夸大与狂妄。在那样的生活里，人们才可以了解到"降落"的安稳与舒泰，才可以找回自己，返璞归真，在那亲切的泥土、葱茏的绿野、清洁的泉水、简单的衣着上去发现与世无争的安闲，去发现"人生不满百，常怀千岁忧"的可笑和愚昧。

真正可喜的静,并不是全无声息的静,而是当有一种声音使你发现自然的时候,你所感到的那种亲切安详的静。鸟语、鸡鸣都象征着不受市声干扰的那难得的时刻,远人为、近自然,丢弃物质的争逐,发现精神和性灵,这时候,你就会觉得宁静。这宁静,事实上是一种抛开争逐之后的安闲,放下贪欲之后的怡然。

　　我曾在关子岭度过两个极其宁静的夜晚。而造成那宁静的是山上的流泉。那泉水琤琤琉琉,似在我枕上流过。在梦的边缘,我觉得自己像是枕着青石,身上覆的是坠叶与落花,一切尘间扰攘都随着清泉流远;一切烦愁忧虑,也随着清泉流远;一切名心利欲、得失恐惧,也随着清泉流远……在那样的怡然中,仿佛我自己也随着清泉流远,而入梦。迎接我的是山中带雾的清晨与承载我流到这里来的清泉。我所置身的地方,恍如真正的世外桃源。

　　海潮的声音也曾带我入梦。在海滨那小楼上,在夏夜,我打开面海的窗子,睡在床上,听海浪拍岸的声音,那么宏壮而深沉的,带着远古的荒凉与寂寥的声音,述说着天地创造,人海沧桑的那声音,低沉的、感慨的、雄浑的,那述说,使你不得不放弃你所执着、所迷惑、所恼怒、所牵恋的一切。你必须在海的沉雄的低语中睡去,把你渺小如尘芥的喜怒悲欢轻轻放手,在海流中。

　　自从我发现我是何等地喜爱这些属于自然的声音,我顿悟我近来为什么很少去听音乐会。我厌烦音乐会场的闷热,音乐听众的嚣杂;我厌烦音乐的沉闷,演奏者的造作;我也厌烦正襟危坐的约束和强作欣赏的虚伪。世间不是没有好的音乐,但好的太少。当作商品来传播的音乐和当作冠冕来装饰高贵的音乐,同样的是只相当于叫卖的市声和物质享受盖过精神文明的那机器齿轮与马达的交响。

声音的联想

雾濛濛的松山

昨天,你行色匆匆,跑来告诉我,你要走了!

看着你盈眶的眼泪,匆促的神情,我当时竟没有一点惜别的感觉。是我麻木?还是我们的友情淡了?

哦!好友!不是的!你不知道!连我自己也不知道!直到今天早晨,我一大早就睁眼起来,从窗口望见那晓雾濛濛的松山,打算提前赶完家里的工作,去给你送行的时候,我才明白,我实在是不相信你真的是要走了!是这不相信的心情,使我对你昨天的辞行无动于衷。

但是,到了今天,我望见那雾濛濛的松山,想到3个小时之后,你就将登机远行,去到那遥远的异国,去度你所并不向往的生活,而且谁也不知道,我们什么时候可以再见,这我才真的涌上来眼泪。好友!我是多么多么地舍不得你走!

你是我在台湾最亲近的一个朋友。16年前,我只身漂洋过海,到了这陌生的地方,举目无亲。第一个到电台来找到我、和我叙起同学之谊的就是你。那以后,你用那特有的爽快与热诚,给了我不知多少友情的温暖。你之于我,实在不止于是朋友,而更像姐妹。虽然我比你年长,但由于我的不娴于世故,一切生活中的琐事细节,你都曾为我策划,为我奔忙。我这里没有家,结婚的时候,你曾为我里外张罗,给了我多少照应!后来这10多年每有大事,我必找你。在我心中,只有你是那样可靠、可托、可信。而且你为我慷慨地做任何事都不会令我感到有一丝一毫的人情上的亏欠。你真的让我觉得我的事就是你的事,只要我对你说了,你就会去做,而且你做得那么周到,那么妥帖。

这些年,我的3个孩子都由你一手教大,真让我觉得是上帝安排让你来助我一臂的。他们现在健全壮大,都包含着你一点一滴心血的灌溉。我把孩子付托给你去导引,用不着有一点担心和挂虑。他们每一年的升级调班,都是你在为他们安排,而当时,我把这些事情交给你,自己是那样的心安理得,不觉得自己是多么幸运,也不觉得你的友情是何等慷慨!

直到现在,你忽然真的要走了,是真的,你要走了,我才开始觉得惘然。不!不只是惘然,我真正的感觉是失去了依傍。还再有谁能像你这样对我?当我烦恼的时候,当我困惑的时候,当我需要人来助我一臂的时候,我去找谁?

你走了!按照常情,我该为你高兴。你早就该去。沈和你分离得太久,你们的团聚是天大的喜事。但我仍在你盈眶的泪水中,读出了你的苍凉。哦!不只是你的苍凉,而是我们这整个一代人们的苍凉!

你并不喜欢异国的生活。你是个保守的人,你是个道道地地在旧式中国家庭中长大的人。你过惯了中国式的温文含蓄的生活,你比我更难适应那缺乏人情味的、忙碌而没有意义的、专重物质而缺乏精神内涵的新环境。你会寂寞,你会觉得自己失去太多,而收获太少。你会怀念这里的温馨与淳厚!但是,你仍然必须要离开我们,投身到那陌生的国度里,去学习适应另一种生活。

我们这一代,过的是一种没有根的生活。我们东漂西荡,战争把我们赶到哪里,我们就停到哪里;战争把我们怎样隔离,我们就怎样隔离。家人骨肉竟是聚散无常。说人生如萍踪浪迹,大概再没有我们所处的这个时代的人们这般的如萍踪、如浪迹了!飘泊本不是憾事,但被迫的飘泊则使我们感到自己的力量太薄弱,生命太没有凭依了!

送你走,我真的感慨万端!松山机场是那样的嚣杂忙乱。在那里,我们也只能"执手相看泪眼,竟无语凝噎"。或者,我们连这也做不到,我们多半只能忍着泪,陪着笑,在人声嘈杂中,互道珍重。在机声隆隆中,如演戏般地挥手看你起飞。在那里,没有机会流露我们真实的友情,没有机会说出我真正想说的临别赠语，我去送你，无非是尽一个做朋友的人情。而我现在，坐在晨雾弥漫的窗侧，拈笔展纸，凝望那将要长远阻隔你我的那灰色的云天，我写下这几页纸，这纸上的心声，才真正是我对你的送别，是我对你友情的真诚呼唤！

而这时，我恍惚已听到那隆隆待发的引擎在催你登机，心中尚有千言万语，此时却都已不知从何说起。那么，就让我把未尽的话一古脑儿留在这沉重的笔尖下……

好友！真的要向你道声珍重！

人生靠自己奋斗的时候多，靠朋友协助的时候少。此后，我要记住，该更坚强；而你要记住，该更珍重！

你一向为别人忘自己，今后，该享一享在你所挚爱的沈的维护中，那属于女人的幸福。把我赠给你的这声珍重，转赠给沈，愿你们在异国生活愉快，更愿有一天，我们这些苦难流离着的中国人，都能重返家园，在那古旧的四合院里，吃我们爱吃的糖炒栗子和豌豆黄；说说王诗巍和她的张，说说我们这一生的浮沉聚散，说说我们这古老国家的兴衰与劫难，说说那灰色的古城，曾看尽了多少人海的风浪与世事的沧桑！

愿我们有那么一天，在北平去再度相见，也说一说这记载着我们半生悲欢的、雾濛濛的松山！

写给秋天

  尽管这里是亚热带,但我仍从蓝天白云间读到了你的消息。那蓝天的明净高爽,白云的浅淡悠闲,依约仍有北方那金风乍起、白露初零的神韵。

  一向,我欣仰你的安闲明澈,远胜过春天的浮躁喧腾。自从读小学的童年,我就深爱暑假过后,校园中野草深深的那份宁静。夏的尾声已近,你就在极度成熟蓊郁的林木间,怡然地拥有了万物。由那澄明万里的长空,到穗实累累的秋禾,就都在你那飘逸的衣襟下安详地找到了归宿。接着,你用那黄菊、红叶、征雁、秋虫,一样一样地把宇宙染上含蓄淡雅的秋色;于是木叶由绿而黄而萧萧地飘落,芦花飞白,枫林染赤,小室中枕簟生凉,再加上三日五日潇潇秋雨,那就连疏林野草间都是秋声了!

  想你一定还记得你伴我度过的那些复杂多变的岁月。那两年,我在那寂寞的村学里,打发凄苦无望的时刻,是你带着哲学家的明悟,来了解慰问我深藏在内心的悲凉。你让我领略到寂寥中的宁静、无望时的安闲,于是那许多唐人诗句,都在你澄明的智慧导引之下,一一打入我稚弱善感的心扉。是你教会了我怎样去利用寂寞无厘的时刻,发掘出生命的潜能,寻找到迷失的自我。

  你一定也还记得,我们为你唱"红叶为他遮烦恼,白云为他掩悲哀"的那两年苍凉的日子。情感上的磨折使我们觉察到人生中有多少幻灭、多少残忍,有多少不忍卒说的悲哀!但是,红叶白云终于为我们冲淡了那胶着沉重的烦恼和忧郁;如今时已过,境早迁,记忆中倒真的只残留着当时和我共患难的那个女孩落寞的素脸。是"白云如粉黛,红叶如胭脂",还是"粉黛如白云,胭脂如红叶"?那感伤落寞的心情如今早已消散无存。原来一切的悲愁,如加以诗情和智慧去涂染,将都成为深沉激动的美丽。你曾如此有力地启迪了我们,而在我逐渐沉稳的中年,始领悟到你真正的豁达与超然!

你接收了春的绚烂和夏的繁荣,你也接收了春的张狂和夏的任性;你接收了生命们从开始萌生到稳健成熟,这期间的种种苦恼、挣扎、失望、焦虑、怨忿和哀伤;你也容纳了它们的欢乐、得意、胜利、收获和颂赞。你告诉我:生命的过程注定是由激越到安详,由绚烂到平淡,一切情绪上的激荡终会过去,一切彩色喧哗终会消隐。如果你爱生命,你该不怕去体尝。因为到了这一天,树高千丈,叶落归根,一切终要回返大地,消溶于那一片渺远深沉的棕土。到了这一天,你将携带着丰收的生命的果粒,牢记着它们的苦涩或甘甜,随着那飘坠的落叶消隐,沉埋在秋的泥土中,去安享生命最后的胜利,去吟唱生命真实的凯歌!

生命不是虚空,它是如厚重的大地一般的真实而具体。因此,你应在执着的时候执着,沉迷的时候沉迷,清醒的时候清醒。

如今,在这亚热带的蓝天白云间,我仍读到你智慧的低语。我不但以爱和礼赞的心情来记住生命中的欢乐,也同样以爱和礼赞的心情去纪念那几年——生命中难得出现的那几年中的刻骨的悲酸与伤痛!

而今后,我更要以较为冲淡的心情去了解,了解那属于你的,冷然的清醒,超逸的豁达,不变的安闲和永恒的宁静!

那岂是乡愁

台北的雨季，湿漉漉、冷凄凄、灰暗暗的。

满街都裹着一层黄色的胶泥，马路上、车轮上、行人的鞋上、腿上、裤子上、雨衣雨伞上。

我屏住一口气，上了 37 路车。车上人不多，疏疏落落地坐下两排。所以，我可以看得见人们的脚和脚下的泥泞——车里与车外一样的泥泞。

人们瑟缩地坐着，不只是因为冷，而是因为湿。这里冬季这"湿"的感觉，比冷更令人瑟缩。这种冷，像是浸在凉水里，那样沉默专注而又毫不放松地浸透着人的身体。

这冷，不像北方的那种冷。北方的冷，是呼啸着扑来，鞭打着、撕裂着、呼喊着的那么一种冷。冷得你不只是瑟缩，而且冷得你打战，冷得你连思想都无法集中，像那呼啸着席卷荒原的北风，那么疾迅迷离而捉不住踪影。

对面坐着几个乡下来的。他们穿着尼龙夹克，脚下放着篮子，手边竖着扁担。他们穿的是胶鞋。胶鞋在北方是不行的。在北方，要穿"毡窝"。尼龙夹克，即使那时候有，也不能阻挡那西北风，他们是非要穿大棉袄或老羊皮袍子不可的，头上不能不戴一顶毡帽或棉风帽。旁边有一个人擤了一筒鼻涕在车板上。在北方，冬天里，人们是常常流鼻涕的，那是因为风太凛冽。那让人喘不过气来的猛扑着的风，总是催出人们的鼻涕和眼泪。

车子一站一站地开行着。外面是灰蒙蒙的阴天，覆盖着黄湿湿的泥地。北方的冬天不是这样的。它要么就是一片金闪闪的晴朗，要么就是一片白晃晃的冰雪。这里的冷，其实是最容易挨过去的，在这里，人们即使贫苦一点，也不妨事的，不像北方……

车子在平交道前刹住，我突然意识到，我从一上了车子，就一直在想着北方。

那已经不是乡愁，我早已没有那种近于诗意的乡愁，那只是一种很动心的回忆。回忆的不是那金色年代的种种苦乐，而是那茫茫的雪、猎猎的风和那穿老羊皮袍、戴旧毡帽、穿"老头乐毡窝"的乡下老人，躬着身子，对抗着呼啸猛扑的风雪，在"高处不胜寒"的小镇车站的天桥上。

那老人，我叫他"大爹"，他是父亲的堂兄。那年，他已经50多了。晒黑的、风尘仆仆的脸，朴实的五官，光头上戴顶土黄色的老毡帽。在那五进的宅院里，他辛辛苦苦地支撑着那个老旧家庭的生计。对外，他要照管田庄；对内，他要照管四代同堂的30多口家族的婚丧嫁娶和日常生活。而他，总是那么慢吞吞地，手揣在袖子里，微躬着背，迈着一定大小的方步。他说话的时候，总是那么把声音拖得长长的，仿佛字斟句酌，唯恐说走了嘴似的。其实，他只是习惯那么慢吞吞，好像任何重大的突发事件，都不会使他震惊似的。

我从小随父母在都市谋生，偶尔才回一趟老家。在老家的人们的眼里，我们已经是"化外之民"。而我对"大爹"的行动，也只觉得陌生而不惯。我不喜欢大爹，因为在他面前，使我拘谨不安，而且动辄得咎。所以，如无必要，我几乎是不理他的。他似乎也不喜欢我们这几个在都市里学了新派的晚辈。我们有时无意中唱唱歌，或大笑几声，或说说从外面学来的国语，他都会一字一板地训我们几句，说我们粗野、忘本、没有一点书香人家的规矩，然后甩甩袖子，迈过门槛走开。

我每次回家，总是情愿耽在祖母房里。祖母是大爹的婶婶，大爹是长房里的。祖母似乎也不喜欢大爹。她总是责怪父亲，不该放下家当，赤手空拳地跑到外面去给工厂里做事。"这个家应该有你们一份的。"祖母叼着旱烟袋说，"你们倒慷慨！一家子到外面过去了。这家里的产业，可不就都给大房里占了去？看你大爹不声不响，老好人似的，岂不知庄上缴的、地里收的，都到了他手里。听他口口声声说穷，其实，谁有钱谁知道！只有我穷是真的。"祖母把旱烟袋里的烟灰磕掉，再去装烟，那烟叶是装在一个小小的蓝布口袋里的，发着呛人的气味。"我早就说，你们不在家里吃，这几年，省下来的，也够买几亩地的了。这还不都是入了你大爹的腰包？"祖母时常这样絮絮叨叨地说着。"将来分家的时候，说什么也不能马马虎虎的。你祖父弟兄3个，我们三一三十一，有钱分钱，有地分地。"

我不知道家里有多少可分的东西。除了我自幼在里面长大的这五进房子之外，我只听大爹跟父亲说过，有两个田庄，押给别人了；有多少芦苇地，也当给别人了。只剩下一个"靳庄子"，现在家里的进项，只是靠"靳庄"的收成。家里经常吃得很节省，我们每次回家，第一顿饭，大半是在外面叫的饺子，只有我们这几个从外面回来的人吃。以后，我们就跟着全家一同吃大锅饭。那菜多半是咸鱼、虾酱、小干鱼炒白菜、虾酱炖豆腐、咸菜拌豆腐。夏天的时候，后园里有自己种的茄子、南瓜和豆角。粮食多半是高粱、小米和棒子面。只有过年才吃米饭、馒头和猪肉。打仗的时候，家里吃一种面条，硬硬滑滑的，人们说，那根本不是粮食，不知是用什么做的。吃多了，胃会胀痛。

家里自己养鸡，反正一切自给自足。好像人们从来也不花钱似的。据说，只有我们回家的时候，才从外面买一点东西来吃，那是拿我们当客人招待的。

"别以为他对你们好。"祖母说，"你们几年不吃家里，省下的钱，够他招待你们的了！"

大爹的太太，我们的伯母，我们叫她"大妈"。大妈是家里的"心脏"。她永远是天不亮就起床。起床之后，她把自己打扮整齐，抱柴，烧水，把头天晚上浸好的秫米放在锅里煮粥。高粱米最难煮，要费很长时间，才可以煮稠。等我们起来的时候，红红的秫米粥已经盛在乌亮的瓦盆里，炕桌上摆好自家腌的酱菜和咸鱼，等着我们吃早饭了。

大妈和大爹不同，她总是笑脸迎人的。冬天，早上起来，她总是先问我们"夜里冷不冷"，然后舀热水，让我们洗脸。我常常注意着她那鹅蛋形的素脸，梳着光洁的发髻，她的眼睛很美，流溢着柔和的光。而她里里外外地张罗着全家的琐事，决定着每天膳食的分配，四季衣裳的添制，记着每一房大人孩子的生日，到了那天，一大早，就有烧饼油条和鸡蛋，表示庆祝。她把那一大堆煮熟的圆溜溜的鸡蛋放在过生日的孩子的炕上滚着，使人觉得那真是一种快活健朗的祝福。她说烧饼和油条是象征着腿的健康的。我很欣赏她这种祝福。她那明快、肯定而柔和的动作使我对她有无限好感。我还敬佩她每天早晚必定按规矩到祖母房里来问问安，点烟倒茶，整理被褥，在门旁侍立一刻，闲谈几句，然后退出房门的那番礼法——那已经被我们这维新的一代弃之如遗的礼法。而祖母却说："你大妈当这个家，只会苦我们；她自己房里是富裕的，我才不稀罕她装模作样地来讨好我们！"

我不知道是否真的如此，我也不喜欢去深究这些。我并不关心老家财产的多少。自幼，我就受了父亲的影响。他常说："一个人靠祖产是没有出息的。我不在乎家里的财产，人人都该自立谋生。"

正是那样一个转变的时代，许多读"洋学堂"的青年都丢下那旧得霉腐的老家，去外面自立谋生。他们投入一种新的、工业化的生活里。他们用时钟代替了太阳。他们过着连吃一根葱也要去买的日子。他们按月领薪水，而薪水总是不够开支。但是，他们穿得一天比一天考究，妇女们慢慢地讲求时髦，而且学会了打牌。当我们隔几年回一次老家时，老家的人们都带着惊羡的眼光看我们，而我们也为自己能够自立谋生和接触新的东西，学来新的"派头"而有点自豪。

但是，有一年，我们忽然不能自立谋生了！

那年，战争爆发，父亲忽然失业。小家庭的生活，怕的就是失业，我们没有积蓄，兄弟姊妹又多。正在彷徨无主，忽然接到大爹的信。我们拆开那旧式的印着红框的中国信封，看见大爹那朴拙的毛笔字。他写道："……小难逃城，大难逃乡。如在外生活不易，可随时返家团聚。家中虽清苦，然粗茶淡饭，尚可无缺……"

父亲一生好强，说："如果我发财还乡，还有脸回去。如今落魄，情愿在外面流落，也不回去丢脸。"倒是母亲看出家里实在无法维持，暗中写了一封信回家，说，决定先让我带着两个妹妹回家，可以减轻一点负担，母亲和父亲带着弟弟则暂时在外面看看情形。

不两日，大爹来了回信，信中详细说明火车开到的时刻，让我们务必搭某日某班的火车回去。

那天，天气奇寒，风雪交加。18岁的我，带着两个不满10岁的妹妹上了火车。

火车在冰天雪地中奔驰。我们三人紧紧地挤在三等车厢里的一张椅子上坐着，茫然地望着外面的风雪。那平原真是荒凉，火车奔驰好几里也看不到一户人家。只有冻僵的寒天、冻僵的河水、冻僵的平原、冻僵的枯树和抖颤的电线。那火车窗棂上积着高高的，层雪。车中的暖气驱不走那从四面八方袭来的严寒。我们的手和脚都冻得发痛。

那天，因为对面来的火车在路上出事误点，我们这班车在一个小站等着"错车"，等了好久，到达老家那小站时，已比平时晚了半小时余。冬天日短，车进站时，但见暮色苍茫。我们三个提着简单的行囊下了火车，那狂风吹得我们站不住脚。正在彷徨无主，却见大爹从那个写着站名的白色木牌后面跑过来。他脚下穿着大毡窝，身上穿着羊皮袍，头上戴着老毡帽。他跑的时候，那毡窝就陷在深深的雪里，使他举步维艰。他跑得那样吃力，而又那样快，使我们几乎不相信那就是大爹。我们从来也未见大爹跑过，他总是四平八稳地踱着方步的。而这次，他吃力地跑到我们面前，嘴唇"嗦嗦"地抖着，用他冻僵的手把两个妹妹搂在他怀里，说：

"好孩子！好孩子！冻坏了吧？孩子！"

两个妹妹被西北风夹着鹅毛大雪灌得喘不过气,扑在大爹怀里,一句话也说不出来。我在旁边把背对着风,满眼都是冰凉的泪,顾不得寒暄,只见大爹伸手接过我的箱子,说了一声:"走吧!还得过天桥。"

小站的天桥是露天的,很简陋。高处风欺雪虐,我们又是逆风,大爹走在最前面,吩咐两个妹妹说:"拉紧我的袍子!别抬头!我给你们挡着风!"两个妹妹紧紧抓住大爹的羊皮袍子后摆。我跟在最后,把围巾紧紧地裹住头和嘴。而那大片的雪和大股的风,"呼呼"地把我们一直往后推。我们连眼睛都睁不开,模模糊糊地只见大爹在前面躬着身子和寒风抵抗。走到天桥中间,忽然一阵疾风,把三妹的围巾吹飞,三妹被风吹得一个踉跄,险些从那稀疏简陋的栏杆下面掉下天桥去,大爹回身一把拉住了三妹,把他自己的围巾解下来,给三妹系在头上,又返过手来紧紧地拉住她们,踩着天桥上冻硬溜滑的积雪,步履蹒跚地走过了这惊险的一段。当我们下了天桥,走出站台之后,我才看见大爹的脸上冻得发紫,他嘴上花白的短须,沾着白白亮亮的冰花。他的嘴里呵着白气,哆嗦地说:"来来!我已经雇好了'刘把式'的车。""刘把式"的车在车站转角的地方等着,他是镇上一个熟识的马轿车夫,乡下称赶车的叫"车把式"。

上了那挂着棉篷的马轿车,我们并没有停止抖颤。车被棉篷紧紧地围住,里面黑洞洞的。风雪被阻挡在棉篷之外,而大爹却跨坐在外面的车辕上。旧时的规矩,妇女才盘膝坐在车里,男子是要"跨辕"的。

我们不知道大爹有多冷。从车站到家,还有三里路,又是逆风。当我们好容易到家时,已经掌灯了。

老家还是那样,天已全黑,只有有煤油灯的地方是红红亮亮的。大爹把我们带到祖母房里,祖母房里升着炭火盆。大妈带着怜惜的笑容走过来,给我们打热水洗脸,给我们用开水冲茶汤喝了,我们渐渐暖上来。大妈让我们坐在烧热的炕头上,一面张罗给我们端饭,一面抱过簇新的棉被和枕头,问祖母是让我们睡祖母的套间,还是睡大妈的套间。"他二婶（指我母亲）那东厢房太冷了，还是让孩子们和我们住在一起吧！"她建议着。祖母带着欣慰的心情答应着，一面向我们问长问短。而大爹早又恢复了他那慢吞吞的方步，和那慢吞吞说话的腔调。当我们一面吃饭，一面激动地讨论着外面的风雪时，他只"嗯嗯"地答应着，仿佛那是一件很平常的事。

而一直到后来，我们才想起，那天火车误点，他在风雪中更多等了我们半个钟头。老天！那样的风雪！

许多事都是这样的，在当时，觉得很平淡，也不知道究竟有多艰难，也不知道究竟有多温暖，也不知道究竟有多感激。我只记得从那以后，祖母没有再提大爹独享我们财产的事，也不再提分家的事。

过了几年，战争完了，苦日子也过去了，我们才听说，大爹那些年省吃俭用，把押给人家的庄子已经赎了回来。芦苇地也差不多都赎回来了。镇上以前一共有4个有名的大户，后来都破落了。我们是其中之一。我们也是唯一留住祖产房屋，而且赎回祖产田庄的一户。

我想，假如从那时候不再荒乱该多好！努力和节俭本来是最真实、最不会被否定的东西。亲情也是最真实、最不会被否定的东西。而我们这一代就缺少那种福分，家里刚刚振作，就又被变乱席卷了！

我到了台湾，要结婚的时候，收到大爹一封信。信里附着一个红包，里面是4000万元的汇票。信上大意说："家中年景不好。我原为各侄女每人积存一份妆奁，但不幸，币值贬降，这数目大约也只能给你买双丝袜了，伯伯不才，未能恪尽家长之责，希吾侄谅之。"

我岂能不"谅之"？我岂能不感激零涕？我岂能忘记那年的风雪，那北方古老的家园！那凄寒中如爝火般的光与热，那属于中华古国传统的含敛不露而真实无比的亲情！

秋园即事

门·灯

下晚班回来，常在11点以后，独自走过夜晚寂静的巷弄，我总禁不住留神体味两旁人家那深扃的门和低暗的灯影。

多年以前，我在一个陌生的城市谋生，形单影只。下了晚班，独自回那陌生的同事家住宿。一路上，只有疏朗的星斗和断续的蛙鸣伴我。而那些陌生人家的深扃的门，暗沉沉的庭园中的树木和灯影，交织成大片的怅惘，在我心头。

人们需要有个家，在凄寒的夜里，在倦乏的时刻，在受挫的时候，在有病痛的时候，那家，就是一个人最安稳的栖息处所。人们把自己隐藏在小小的院落里，温暖的房间里，深垂的寝帐内，幽暗的灯影下，度过寒冷与倦乏的黑夜。我常想，在那帘幕深垂的家里的人们，也想到外面有未归的人吗？他们肯接纳无家可归的人吗？即使他们肯，那无家可归的人会真正分享他们的温暖吗？

我走着，数着那一个一个深扃着的门，数着那一扇一扇的透着昏黄灯光的窗，数着一家一家的温暖的帘帷，数着空寂马路上一盏一盏的清冷的街灯。我回想着自己曾度过的那长时期无家可归的日子。那日子过去了，但它们每每浮现在我心头。当我走过夜街，想到自己不属于那一个个的门，一扇扇的窗，一盏盏的灯影的时候，我仍有那份被温暖摒弃的感觉。

秋夜好眠

秋夜新凉，取出夏初时拆洗过的棉被，躺在枕上，我把头埋向那新鲜香味的棉被里，我迅速地把自己周围的大小事物在脑中检点一遍，我发现，这晚竟没有一点悬心的事情。于是，我对自己说："你会有一夜好睡！"

因为：

明天是星期日，不用早起照料家人上班或上学。

住校的孩子都在家，不用担心他们的寒暖。

孩子学业虽非个个名列前茅，但他们却都颇知自励奋发。

没有下雨，没有刮风，不必半夜起来关窗。

明天虽是星期日，但我没有请客，因此，我不必担心菜单及室内室外的布置。

明天没有外出的应酬，因此我不必担心明天的发型或穿戴。

朋友要办刊物，催写的稿子已交去，我不必再去想那女主角的身世。

长篇小说已改到最后一章，一切情节都已定局。

我要到星期一早上才去想"你怎么办有奖征答"的问题。

我没有负债。薪水刚发，还足够应用。

家中大小都很健康。

我没有得罪人，也没有人得罪我。

佣人没有闹情绪。

邻居没有打牌。

哦，真难得有这么一天！我相信，任何人如有这样轻松舒适、毫无挂虑的时刻，他也一定会有一夜好眠。

虚　惊

夜里3点半钟，被看更人的哨子声吵醒，起来一问，说是有小偷潜入院内。于是，把门灯、走廊灯一齐打开，前后左右巡查一遍。大概小偷早已闻声惊跑，没有什么损失。但这一吵，睡意却已全消，在床上转侧良久，无法入睡。

因想到郑板桥家书中，曾有一段谈他愿在郊外筑一宅，那里是"一片荒地，半堤衰柳，断桥流水，破屋丛花"，只为了可以欣赏"东海红霞、斜阳满树"的幽趣，他情愿远离市区，甚至不怕盗贼骚扰。他说："盗贼亦穷民耳，开门延入，商量分惠，有什么便拿什么去，若一无所有，便王献之青毡，亦可携取质百余钱救急也。"

当然，人如想到"盗贼亦穷民耳"，而肯把财物"略予分惠"，就不必怕盗贼了。所怪的是，人们怕小偷似乎并不单纯是怕财物损失。现代有些盗贼并不是"穷民"，但却穷凶极恶，所以才对他们格外戒惧起来。

记得多年以前，在内地有一位女同事，独自住一幢宿舍，夜晚听见小偷启门而入，她用被把头一蒙，说道：

"小偷：你拿东西尽管拿，可别让我看见你！"

那小偷倒也听话，果然只悄悄地把一些值钱的东西拿走，离去时，并且替她把门拉上。

像那样好心肠的小偷，大概不但可以"开门延入，商量分惠"，甚至可以趁此施以机会教育，劝他把所分财物作为资本，做做小本营生，从此改邪归正，亦未可知。

泥土芬芳

亚热带虽是四季难分，但入秋以来，云淡风清，也照样有秋高气爽的感觉。只是木叶不凋，且可照常移植花木，这是台湾宝岛的迷人之处。

早晨起来，推窗外望，但见薄雾笼罩群山，远处景物，一片迷濛。园中"太阳花"带着娇慵，尚未开透。玫瑰却开了四五朵。前天买的黄菊也十分挺秀。还有一种白色的花，不知其名，也开得很盛。

略事梳洗之后，携小锄把园中空地翻松，加上基肥，准备一星期后，移植点圣诞红和杜鹃，预计圣诞红开花过后不久，杜鹃即可接上，那小园就不会寂寞了。

翻土时，看见许多蚯蚓，我小心地把它们拨开，唯恐伤了它们。它们似乎是最没有欲望的生物。终生盲目地在土中钻动，看来却仍闲逸安适。人类活动范围大，见的东西多，欲求也就多了。欲求一多，苦恼也随之增加，即使想和蚯蚓一样地安于泥土，也不容易做到了。

以前，总觉泥土是肮脏的东西，不但手上不肯轻沾泥土，即连鞋底，也希望经常保持一尘不染，自从关心园艺之后，才发现泥土之芬芳可亲。特别是刚翻过之后的泥土，宽松润泽。想想植物们的根部，在松过的泥土中是何等的舒畅！自己的心也觉安逸起来。

这几天，虽已秋凉，但玫瑰仍是发了许多新叶，九重葛也长了不少细藤，墙边那一排七里香，整整齐齐的一片油绿。泥土无言，但它孕育一切。它并不以为自己有无穷的智慧与才能而沾沾自喜；它是何等的谦卑与缄默！

催租者

接文友电话，说是新办了一份杂志，嘱写万字左右的小说一篇给他的创刊号。正好前两天和朋友闲谈时，谈出一篇小说题材，于是，慷慨答允。回到书房，埋头疾写。写到2000字左右时，阿美忽推门进来，说："热水炉好几天前就坏了，需换过，否则无法烧水。"

"职责所在"，我只得放下笔，去打电话找水电行。问了几处，各家货品价码不一，有人劝我换个电热器，省事又干净；有人劝我用煤气的，用电比较经济些；有人劝我仍用这种老式烧煤炭的，听来各有道理。于是，我一面计算荷包，一面权衡利害，脑子里挤满了"加仑"、"电表"、"水管"、"黑铁"、"钢板"等等。写小说的心情就此烟消云散。

因想到古时潘大临复谢无逸说："昨日提笔，得'满城风雨近重阳'之句，忽催租人至，令人意败，辄以此一句奉寄。"我也真希望能就把那

2000字未完成的短篇寄奉文友，去做补白算了。

一切生活琐事，也都相当于"催租者"。文章完成于"幻想的境界"，凡现实中一切琐务都与幻想境界冲突也。

一烦之下，把纸笔一同塞进抽屉，索性到附近苗圃闲荡一圈，顺路看看热水炉，选购一个，以偿俗债。

鸡尾酒会

好朋友不去拜访，应酬却必须参加，这就是现代人的现代生活。

今天这个酒会，外子嘱我务必"拨冗"参加。无奈，只得打扮整齐，匆匆赶去。

在路上，他忽然想起，这请帖上的主人是 Mr. & Mrs. Dean。我们原在另一酒会上认识一位 Dean 先生，说是最近要结婚。想来这是他婚后招待朋友的酒会，所以，顺路买了一点小礼物带去。哪知按址找到之后，却见男女主人都不认识，而手上请帖与现址又无错误，只得进去。男女主人照例热诚招待，我们也依礼自我介绍姓名及身份。寒暄已毕，走入大厅，看见几个熟人，打听之下，才知道这是另外一位 Dean 先生。他是最近刚到此地履新的一位官员，为联络新闻界而举行酒会。

酒会上，宾客之间互不相识，多赖自我介绍，随意交谈，有时竟连主人也素不相识，这大概是现代应酬的最大特色了。

在那里站了一小时余，告辞回来，手袋里又多了几张中西合璧的名片——非斯杰萝小姐、李普曼太太、贝尔福特先生。

我们都会很愉快地谈天。谈天内容包括：美国风物、故宫博物院、辛辛那提交响乐团、广播与电视节目、时装、女子职业等等。但是，我知道，等我们下次再见面时，仍然需要再一次自我介绍或再次换名片，而我们很快地就会把所谈过的话忘得一干二净。

酒会的时间多半在 5 点至 7 点、7 点至 9 点这段时间。这次，我仍是喝了一杯姜汁酒,吃了几片炸薯片。出来之后,我们照例到武昌街口吃牛肉面,然后我去上班,他去俱乐部。计时 3 小时 20′分,车钱 75 元,牛肉面 14 元整。

  附注:两天之后,我们又收到 Mr. & Mrs. Dean 的酒会请帖。这回当不会再弄错了。

生活散曲

一 时间之鞭

每天都听广播员报过了"现在是凌晨1时"与"今天"全天的播音节目之后，带着怅惘的心情去准备入睡。怅惘的是，我找不到夜。夜尚未到手，便已被另一个"今天"所取代。没有今夜，而只有"今天"的24小时与"明天"的24小时。今天尚未过去，次一天就已迫不及待地赶着登场。夜就在一个今天与另一个今天之间被挤扁。现代生活就是如此匆匆，匆匆到以零秒的速度跨过每一个日子，以零秒的速度去争取每一点滴的时间。

每次，我带着一整天的疲倦，好容易料理清楚种种样样的杂事，刚想舒一口气，而就被"×月×日凌晨1时"所唤醒时，我就感到一阵难言的失落。我觉得现代人真如同一个个被时间之鞭所驱策催逼着的奴隶。你无权拥有上天赐予的深夜，而只有分秒必争的白日与白日。你无权驻足喘息，随时总有人把你从蒙眬中唤醒，告诉你，你所拖挽的这列生命之车是一列从生到死的直达车，这旅程，没有中途站。

于是，在这样的匆匆里，你既无暇对你所置身的这个世界略作观赏，你也无暇对在这世界上奔劳跋涉的自己做一刻心灵的内省与感觉的回顾。

时间如同贬值的货币，它的面额愈来愈大。以前的人们活着，以"天"为单位。每一个今天，接着一个象征终结的今夜。"Tomorrow is another day."乱世佳人里的郝思嘉和过去那个年代的人们，即使在苦难中，尚有余地让他们在一个辛劳的日子过后，把自己躲进一切静止，一切消隐的黑夜。在那样的黑夜里，没有灯光的惊闪，没有机器的喧闹，

山上去来

一　观光号列车

直到我坐上观光号，车子在音乐声中，以觉不出来的速度，无声地"滑"出台北车站时，我才相信，我真的是摆脱开那各式各样的牵绊，而实实在在地去旅行了！

我常自命喜欢旅行，而且也常以为自己能够很洒脱地随时去旅行，但直到我要托人去买车票的时候，我才蓦然醒悟，我在近5年之中，除随朋友坐东线车去过一趟大里、一趟福隆之外，只偶尔在台北近郊走走。我实在是太少旅行了！

我让自己靠向椅背，眼睛望向车窗。车窗外虽仍是高耸的建筑，但再一转瞬，就是林野与田园。而我知道，这趟旅程，要有五六个小时之久，我舒一口气，日常生活中的琐琐屑屑，就像退潮般地远远地去了。

曾有人劝我坐光华号，说可以快些到达，而我说："为什么要那么匆匆呢？"我并不希望快些到达，我要的是旅途中那份怡然，那份安闲，那份摆脱。

我喜欢坐火车，尤其喜欢观光号的舒适雅洁。我喜欢车中那薄薄的冷气，喜欢新浆洗过的白白的椅套、发亮的扶手和脚蹬，喜欢香片茶的清新和车窗的宽朗。观光号有它一份独有的宁适与悠闲。它不以喧腾的速度取胜，像出世的隐者，在青山翠林间慢悠悠地徜徉，但是它并未浪费你的时间，正如飞鸟，尽管它展翅千里，但给你的感觉却是那么从容与安恬。

火车抛下密林与浅谷，掠过小河与群山。我常说，我喜欢坐火车，是因为它可以带我"逃开"，逃开那忙不完的琐事，逃开那些越缠越紧、越系越牢的利锁名缰，逃开对那越来越复杂越宽广的人事关系的忧心，逃开被俗念挤得越来越狭小越拘谨的爱恶恩怨，逃开自己寻来的苦、虚幻无聊的乐，逃开悲喜得失的回旋。冲出层层密密的烦恼迷惑的重围，让自己的灵心奔向澄明，让那些烦虑慢慢沉淀。

我静下来，在淡远的蓝空下，在慢悠悠的观光号里。

二　啊！关子岭！

啊！关子岭！

它像一瓢甘洌新鲜的泉水，给在暑热中奔波的、风尘仆仆的劳人以如此清凉舒畅的浸润！

几乎人人都说，关子岭没有什么好玩。

我却说，关子岭的好处就在它没有什么好玩。

假如它好玩，它就难免车水马龙，它就难免店铺林立；再被好事者盖上几座雕梁画栋的楼阁，再在客运车停车站处装上招呼游客的喇叭；还会被人订出一些什么花季、鸟季、风季、雪季、游泳季、听泉季、这季、那季的游览项目；最后把风景变成商业，把宁静变成喧哗；惊走了林中群鸟，搅污了涧底清泉。

而关子岭上，除一个水火同源、一个好汉坡外，只是一个长满林木的山坡，一个薄雾氤氲的山顶。对喜欢热热闹闹去观光的人们来说，它实在是什么也没有。何况它又是那么远，坐客运车要爬40分钟，到达之后，便觉山穷水尽。因此，它始终繁荣不起来。

就因为它繁荣不起来，所以它好清静！所以那几户山村人家还能那么安然地存在！所以对面那座山上仍然万树千林，一片幽寂，只凭鸟语，点缀天然！所以才成为我爱去而留恋不舍的地方。

5年前，我到过一次关子岭，住在招待所里，夜晚凭一枕清凉入梦，清晨在满山鸟语中醒来，那白日闪亮的阳光，在林叶间洒满生机，夜晚就只剩下淙淙流去的清泉，诉说着逝者如斯，生命如斯；给你宁静，给你感喟，给你怡然。

5年后的今天,我重游关子岭,欣幸它清幽依旧,翠绿依旧,凉爽纯朴依旧。只招待所的日式房子因前几年地震损毁,新盖了一幢雅舍,题名"吉庐"。"吉庐"里,特别辟一间小小书斋,里面设一桌、一椅。书桌临窗,正对着那座空山。满山原始的青翠,直渗入书斋的碧纱窗,涂印在我带去的《郑板桥全集》那古旧的纸页上。我支颐坐在那里,好久好久好久。我把自己浸沉在这满山的浓绿、满山的幽寂、满室的清凉、满耳的鸟语、满心的生机里……而我的灵心开始对平时的我哗笑——哦!那些沉迷,那些沾滞,那些困扰,那些惶惑;那患得的心情,那患失的心情,那无益的执着,那多余的焦虑,那自苦的奔忙,那无目的无终点的旋转……

而现在,我从回旋中静下来,听着那奔忙紧张的心情由喧腾澎湃而退远,而沉寂。我清醒而欣悦。鸟语在对面山上林木深处,我不干扰它们,它们也不干扰我,我们都栖息在天地创造的大自然。板桥道人说得对:

名利竟如何?岁月蹉跎,几番风雨几晴和?愁水愁风愁不尽,总是南柯。

我守着诗页,坐在窗前,望青山,听鸟语,看日影渲染那一大片闪金的树林,无边,无边的绿,向上追寻,追寻,最后才接向蓝蓝的天际。

我并不想游,不想览,我只要找到这一片幽寂,面对真我,回到天然。

三 好汉坡上

日落万山巅,一片云烟,望中楼阁有天边,唯有钟声拦不住,飞满江天。

——板桥烟寺晚钟

黄昏时分，我慢慢地走上了好汉坡，来到那无声的峰顶。小路尽头处，林木萧森。国校门口那株海树别来无恙。里面那株苍老的龙眼，却更显龙钟了。学校正在放假，校园内杳无人踪。古朴的教室，静寂如寺宇。只有几只鸡雏，在土地上追逐觅食。这里的孩子是不用恶补，不用关心是否免试升学的。他们在山间长大，将在山间谋生。假如他们不沾染凡尘的名心利欲，他们尽可在山上终老，而不会觉得遗憾。生命原是如此单纯的事，一切的复杂均属人为，你觉得重要，于是一切就都重要；你曾介入凡尘，你就如滚雪球般地越滚越厚，裹满了种种征逐与纷扰、种种忧患与负担。而最后，你仍将丢下无法带走的利、抽象空洞的名，归于你所轻贱的尘土。

　　那株银桦树，高耸笔直，非常秀逸，不知是否比前几年更高了些，只觉它在暮色中格外苍劲。桦是冷地方的产物，所以特别有一种孤绝冷傲之感。我仰望它上接昏茫的枝叶，轻抚它坚硬致密的树干，再一次默读它离尘绝俗的无言的哲理。

　　下山时，迎面上来几位老农和一位白发萧萧的神父，一望而知，他们不是游客，而是这里的居民。我俯瞰那陡直的 200 级石阶，他们向我报以会心的微笑，仿佛说，"爬这么高，不容易啊！"又仿佛说，"我们天天要爬呢！"

　　望着他们的背影慢慢消失在暮霭沉沉的林子里，山上雾气渐浓，远处天边一片迷濛。我回身举起照相机，把那株银桦摄入镜头，然后慢慢地走下山坡。

四　客运车上

　　我提着简便的行箧，戴着草帽，道别"吉庐"，走向客运车站。车站的售票小姐正在专心一意地看一本旧小说。我问她，下山的车子几点钟开？她笑指旁边车库里停着的车子，对我说："还有 10 分钟，你到车上等好了。"

　　我走上客运车，把行箧放在架子上，选了一个座位坐定。另一边的座位上有几位中年男客,闲散地坐在那里聊天。

他们聊的是什么呢?

——我养的鸡已生蛋。

——我种的花已经结子。

——我的土狗真听话。

——我下山去给我的老猫买一点猫鱼。

……

他们的对话在鸡、花、狗、猫之间回旋。

而我在一旁听着,时而隔窗眺望一下山坡上的竹篱茅舍。听他们的口音并不全是本地人,而他们却同样地选择了这与世远离的山上落户。看他们那满面的风霜,不难想象他们过去曾怎样认真地在生活中打滚,而现在他们抛弃了绚烂,归于平淡。

司机走上来,服务员开始慢慢地售票,那几个聊天的人中下去了两个。原来他们并不全是要下山去的,他们只是到客运车上来聊聊家常。

车子载着我们这寥寥的三数乘客,弯过山路"哗啦哗啦"地下山。

青翠的山谷接着青翠的山谷,雅致的小桥接着雅致的小桥。待转过山脚,开上那两旁长着芒果林的公路,房屋渐稠,空气渐浊,人烟渐密;小镇风光比起山上已是逊色,不复有那飘然出尘的韵致了。

五 又是一番悟境

从一走出台北车站,我就倏地被卷入了那人潮车海挤满了的空间。那水泥与水泥,霓虹与霓虹,招贴与招贴,那21世纪的人为驱走天然的匆忙与造作,那挤在钢筋水泥夹缝里的贫血的花草,那隆隆然如置身战场的各种车辆的引擎、各种机器的马达、各种抽紧人类神经的喇叭所织成的繁华热闹的经纬,就像一个使你无法腾身的巨大的网,从四面八方地兜过来,空气中充满了汽油味、烟味、血汗味与尘砂味。计程车司机一语不发地猛踩油门,冲入绵延不断的车河。抬眼前望,只见无数红、黄、蓝、黑的车顶,近午的阳光射下来,在车顶上反射着刺眼的光亮。

而车子们流着,永无止息似的,在高楼与高楼的夹缝里。

我挥去那始料不及的不习惯,告诉自己,你原来就是这匆匆中的一粒尘砂,你应惯于这无情的驰逐,惯于这一语不发的追赶。

我回到家里。

在那小别两日的书桌上,堆着有催稿的信,有电话留言,有商量出书的信,有催缴地价税的税单,有稿费单,有为孩子们索取的学校简章,有结婚喜帖,有喜欢谈风花雪月的老友来信。

我把这老友来信拆开,他在西门町闹区的办公室里,冒暑挥汗写这封信来,向我发表"人性本苦"的谬论,问我是否同意,并问我这几天"逃"到哪里去了,难道不想回来了吗?

老友这一问,却使我另有一番悟境。

我"逃开"过,但我终须回来。

对我们这些尚有许多未了责任的俗人来说,林泉之乐,多半只能想想,而实际上却不能不在琐事俗务中讨生活。平常我们一心想要逃开,其实我们所要逃开的,可能只是这个自己。如果我们能保持灵心的那点澄明,则即使在尘俗中,也并不会改变心中那点莹澈;而如果我们沉迷执着,则即使逃往深山,也并不能真正挥去那缠绕心头的迷惑与忧烦。

于是,我在周遭的喧嚣中静下来,整理那一桌积下来的琐事——

该做的必须做,该推的必须推;当接受的接受,当拒绝的拒绝。属于自己的不妨留住,与自己无关的大可丢开。

在现代生活的诸般诡谲纷繁的复杂关系纠缠之中,我已不必再怕迷失,因为我已冲出回旋,洗净灵心,找回起点。

幽林一夜雨

我们散步的途中,你又哼起那首老歌——

　　幽林一夜雨
　　洗出万山青
　　四边静
　　只闻得流水声
　　朝雾刚消散
　　云中唱天鞦
　　不与黄莺争在花里鸣
　　上天唱,众仙人都来临
　　……

那歌声,瞬时间化成了许多长着羽翼的回忆之鸟,飞越过淡淡的空间,茫茫的时间,停落在那一台年轻的爱歌的学生身上。那一台年轻的男生和女生正在北平中南海怀仁堂那敞亮的大厅里,唱着,唱这首清越的《天鞦之歌》。他们的声音是那样的清亮、那样的纯,而又那样的装满了梦。那歌声,在4月的新暖里,带着属于生命、属于青春的一片盎然的绿意。

你那时是歌者之一,你唱 Soprano。

而我在台下听着,被你们的歌声一下子带到了天空,翱翔在无边的欣悦里。

你的声音多美!你知道吗?

哦，你当然知道。而最能证明你声音之美的，大概就是那在你面前挥着指挥棒的张了。

提到张，你的笑容渗入了低回。

唉！那时候，怎么那么不懂事呢？

不过，假使是现在，你会比那时好一点吗？

你摇头，加一声叹息在无奈的笑容里。但那时就是不觉得自己有罪，你说。

你沉默下来，低着头，在我旁边慢慢地走着。你也许后悔唱那首《天鹅之歌》了，也许不。久远以前的爱情使你觉得悔，但也未尝不使你觉得醉。

有那种心情总是好的。我说。

不是吗？那时候，我们像一群小鸟似的，只要聚在一起，就吱吱喳喳个不停。不说话的时候，我们就唱；不唱的时候，我们就说话。而我们说什么呢？除了说那虚无缥缈的梦，就是说爱。说那我们不想说出口，而又那么想要说出口的爱。说那虽想拒绝但仍沉醉的爱，说那明明早就知道，却偏偏装作懵懂的爱。而你和我说得最多的就是张，别人也说他，但那语调不同，她们比我们更爽直些，她们就是那样很直率地说，"他真丑得可怜啊！"

就因为他的丑，所以他对你献上的那份爱也就显得愚蠢起来。

尤其那时候，我们都年轻，因为年轻，所以我们不注意所谓的厚道。我们只管把我们的嘲笑大大方方地交换着。

只有你，每当你拒绝他一次之后，都会带着满心忧郁跑来找我，你会久久地沉默着，然后说："假如我能不看他的脸，那就好了！"

真的，你说得真对！还记不记得他第一次来给我们做音乐指导的时候，背向着我们坐在钢琴前面，用他灵活而有力的手指，弹奏那首 Echo（回声）的前奏。弹得真好真好！那活泼而婉媚的前奏曲简直就像一脉清泉，那么流利、那么晶莹、那么俏。于是，我们就跟着他的琴声唱会了那首玲珑的小歌。

到现在，我才想到，他仿佛特别喜欢流利轻盈的鸟儿们的歌。那首Echo的歌词就是一只鸟向另一只鸟要求共同筑巢，那是一首三拍子的轻妙乐曲，加上回声应答的伴奏，真是一首美丽的诗，我们一下子就迷上了那首歌。

而他唱歌的声音和说话的声音，又是何等令人沉迷。他的声音低低的、厚厚的；说话慢慢的、柔柔的；唱起歌来，一点也不费力。你曾不止一次地说，那是世界上最令人沉醉的声音！

但是，伴随着这沉醉的，是我们无奈的叹息，他怎么那样丑呢？当他从钢琴旁回过身来，朝向我们的时候，我们是怎样地不忍看他，而又无法避开那可悲的失望啊！

他给我们这群爱做梦的女孩带来那么强烈的矛盾！他有那么令人着迷的声音，会弹奏和歌唱那么美丽的乐曲，而他的面貌却又那样地令我们不忍卒睹！

于是，我们想，世上总有一个人会爱上他的，但不是我们，虽然他的音乐那么令人沉醉。

就是因为他的音乐令人沉醉，所以他还是成了我们那一段日子生活的重心，尽管也许我们谁也不肯那样承认。但是，无疑的，那掩映着一排槐树的音乐练习室突然像一幅画了。校园里歌声多起来了。连校外的音乐活动，我们也比以往更加关心了。而且还有人肯在课外找他个别教琴呢！你就是其中之一。

你一定也还记得那时候，你穿着短短的月白色的衣服，挟着红色封面的琴谱，在暮色中，从那枝叶掩映的音乐练习室踱回来，带着你惯有的那文静的笑。你照例来到我房间等晚饭铃响，然后我们一同穿过回廊去吃饭。你常是在走过回廊时，叹一口气说："你不知道，当你只是闭起眼睛听他声音的时候，那多美！那声音是音乐、是诗、是幅画。"

而我总是一半嘲笑、一半关心地逗你说："只要你敢闭起眼睛去听他，你就闭起眼睛去听吧！"

你一边笑、一边气、一边要打我、一边叹气，最后你还是妥协地告诉我，他今天对你说过的话：说北平的风光，说他小时候在教会唱诗班的日子，说他的孤独，说他的感触，说他所学过的音乐……

你慢慢地说着，从回廊说到饭厅，说到吃过晚饭，再说回寝室。而我也像从不厌倦似的听着。最后，我们停下来，低回着。然后到那多树的校园去，在树的黑影下徘徊，徘徊，徘徊……而我们坚决地不走那去音乐练习室的方向。虽然，我们看见那边隐约的灯光。

我知道，你不是不爱他。你爱得十分沉迷。

但我也知道，你不是爱他，你不爱得十分冷酷。

我知道，当毕业的骊歌唱完之时，也就是你面临决断之日。而我已预料，你不会有那种近于圣者的精神，去抛开那世俗的观念。不，或者我应该说，你不会有那种足够的决心，让自己一直闭着眼睛，只享受他的声音，而无视他的面容。

而我们又都太年轻，年轻到不知怎样避免去伤害一个善良而懂爱的人。所以，你对他的拒绝也太欠委婉，太天真。你真是说了令他伤心的话，我知道。

但是，我直到现在才明白，你对他的拒绝不仅说明了你对他的不公平，而且使他觉得世界对他不公平。你使他觉得，一个人外在的缺点，无法由内在去补救。我相信，他后来的消沉不仅是由于失恋，而更是由于失望，对自己的失望，对生命的失望。他本来一定还有些许自信的，至少他本来还是追求美与艺术的。但后来，从他娶了那样伧俗的一位太太而隐居到乡间去，我知道，你把他否定得是何等的彻底。

而你呢？20多年了！你这样东飘西荡的。你说，"我不知自己要寻找的是什么。"你一直在寻觅，一直在放弃。到近来，你说，你连寻觅的劲头都没有了。你曾找到过漂亮的外在，但你从未再找到过如张那么令你沉醉的内在。

你说，生命本来一直是多么空虚！似乎只有那一段有树、有琴韵、有歌、有回声的日子是充实的。令生命充实的是艺术、是灵魂，那不是外表的美丽，而是内涵的深沉。20多年之后，当你揽镜自照，虽美艳如你，又何尝还有昔日的半点风华？而我遥想那隐居在林间，有我们认为伧俗的妻和乡气的子为伴的张，或许反而避过了岁月的侵蚀，抓住了生命的真义。

难怪你最近常来找我。尤其在枝头长满新叶，鸟儿开始啁啾的日子，你让我陪你散步，因为那首《天鹅之歌》仍如往日一样鲜活地生存在你的心中。

……
不与黄莺争在花里鸣
上天唱，众仙人都来临
……

那时，哦！那时？那年轻的时候，我们又何曾懂得"不与黄莺争在花里鸣"的清高，与"上天唱，众仙人都来临"的绝俗？我们都只是那样幼稚，那样低俗，那样不懂得音乐，也不懂得爱人……

雨中的紫丁香

好友：

你信上说，让我在这春意深浓的季节，多播放几次《雨中的紫丁香》，因为单是那曲名，就足够使你回到十几年前那个多雨的春天。

你提到 T 市城郊那所宁静的学府，提到那年春天的雨，提到那雨中的紫丁香，我的心就整个一下子被你拉回了那个年轻而多情的春天。

那年春天怎么会有那么诗意的雨呢？在我的记忆中，北方的春天总是刮风。而只是那年，我们同在×大学生活的那年，那个春天，涂满着浓浓的雨意。就因为那雨，我们的日子就忽然显得那么轻柔，那么朦胧，那么在如醉的沉酣中带着泼墨画一般的慵懒。而点缀那有雨的春天的，是喜欢在雨中漫步的你。

我总记得你喜欢穿一件蓝白相间方格子的短旗袍。那蓝，是一种旧旧的蓝。你说那叫"褪色蓝"（faded blue）。那褪色蓝与"褪色白"交织成的格子，正好衬出你短发的浓黑和你纯净的素脸。尤其令我永不淡忘的是你那双鹅黄色的轻俏的平底皮鞋。我不知道是否因为雨天，你才选择这两个对比的颜色。但是，我知道，你的黄皮鞋沾了雨水，那黄色是格外的鲜明，而你旗袍上的褪色蓝，在细雨里，正像被泪滴沾湿了的墨水，那么渐渐地散开，渐渐地淡去，带着浓浓的忧郁和深深的感伤。

你也许到现在还不知道，就是因为那黄色的鲜明与蓝色的感伤，以及你那一脸的纯净，使我成了你的朋友。还有我们初见面时，你那句自嘲的话，你说，"别人看我们天天在这所有名的大学出入，一定以为我们是这里的学生。没有人知道我们只是在这所大学附设的教员子弟幼稚园里教小孩子。"

其实，教小孩子有什么不好？何况我们还可以随自己高兴去选读几堂可听的课。

我不会忘记那个雨天的中午，暮春的校园，在浓浓的雨意中，形成好大的一片空寂。我坐在小教室的藤椅上看小说。你站在廊前，不知是在看雨，还是在想事，也说不定你就是在等待，等待你生命中那首属于春天的诗。因为就是那天，你和"黎"开始熟悉起来。我总记得他绕过那一排掩映着丁香枝叶的宿舍，用他那特有的悠闲的步子，穿过如尘的细雨，慢慢走来时的神情。他穿黑色的长衫，撑黑色的布伞，伞下是他整齐的浓发与深沉的黑眸。我总觉得他那天是特意来找你的。我记得他在你面前停下来问你："在做什么？"我只听你淡淡地说："很闷，在看雨。"你总是那么淡淡的，好像什么也提不起你的兴致。我不知道他是怎样邀请你的，我没有听见他说什么，只看见他轻轻移过他的黑伞，你们就穿入了那被雨丝网着的空寂的校园。

上课以前，他陪你在细雨中慢慢地踱回来。你手上捧着好大的一把紫丁香。那细碎的紫色花瓣，簇拥着细碎的新叶。你从办公室找了一个大大的玻璃瓶，把它们插在里面，带到教室。那浓郁的花香，好几天都不曾散去。

他就是刚从法国回来，在哲学系执教的黎未明。

你也许早已和我们一样听到不少关于他的故事。两年前，他的美丽的学文学的太太在国外病故，而他则带着灰颓的心情回国。他是个惹人注意的人物，他那悼亡的忧郁，他那沉静的仪表，以及他所教的那探讨生命真谛的课程，都是他的标识。那标识，却正好让女孩子们寄放她们多彩的梦。你大概不知道，在那宁静的校园里，有多少女孩子羡慕着在他黑色伞下漫步的你。

从那以后，我没再听你说闷。他天天撑着他的黑伞，穿过那一大片校园到我们这小小的角落里来。我们这幼稚园是一幢木造的小房子，漆着白色的油漆，墙壁上画着彩色的卡通画。有时，他邀你去散步；有时，他走进来，淡淡地笑着向我们点头为礼，然后到你的教室去给孩子们讲《爱丽思漫游奇境》或《木偶奇遇记》的故事。你一定也还记得，那天他说到有仙女来了的时候，用他那深沉的黑眼注视着你，说："那个仙女喜欢穿蓝色的衣裳，因为蓝是天的颜色。"于是，你在一旁含蓄地笑着，你的嘴唇弯成美丽的弧，扫去了你脸上不少的忧郁。

你说，他和你在一起，谈的多半是诗、画和风景。那都是你所喜欢的。他给你看他从瑞士带回来的风景画。他宿舍的玻璃门上挂的是丁香紫色的帘饰。他把风景片对着光，你就看见那原来是白色的云变成了紫色，很美。他又给你朗诵雨果那首题名《春天》的小诗，用法文念过之后，再把它翻成美丽的中文。他同你谈那蓝色的莱蒙湖——真真实实的莱蒙湖。他到过，在那湖边的椅子上坐着消磨夏日的永昼。他又同你谈巴尔扎克、谈小仲马、谈莫泊桑……你说，他餍足了你所追慕的一切的美，尤其是你们那雨中的散步和时常带回来的那些带着雨珠的浓郁的紫丁香。

直到现在，我还为你说话时那发亮的眼眸而感动。在那以前，你一直是多么落寞、多么寡欢、多么黯淡！你自己也许不清楚，但我是旁观者，我知道，你跌入了那属于春、属于雨、属于紫丁香、属于诗和梦的罗曼蒂克中去。

我如果画得出，我一定要画这样一幅画：春雨、黑伞下的他和你、紫丁香。

我不记得紫丁香什么时候落的，也不记得雨什么时候停的。我只记得那个夏天的早晨，你和他从你们常走的那片空地上走来。刚到半路，你们就分手了。他撑着黑布伞，站在榆树下，默默地望着你。而你低着头，慢慢地，一步一步走过来，经过我窗前，你没有看我，径自走进了你的教室。

那天，你没有教孩子们唱歌，你让他们自己讲故事。当我走进去看你的时候，你正站在窗口，向那绿意深浓的校园望着。发觉我站在你旁边,你只低低地说了一句:"春天过去了!"

我没有问你发生了什么事。但由你的神色,我知道,你下了重大的决定。

从那以后,你们不再来往。不久,他去南方,你也离开了T市。

这多年来,我一直不明白你们为什么会分手。我看得出,他是那样爱你,而你也爱他。你们真真正正是诗与梦的组合。学生中,对黎倾心的不知有多少,而你却轻轻拒绝了他。直到多年后的今天,我收到你这封近在咫尺的来信,你提起那春雨、那丁香,我才恍悟,你或许从未真正放弃过这段爱情。你说:

"……我太爱那诗与梦的春天,我不要它被现实的风沙摧毁。我深知,世间有些爱情是应该止于爱情,而不必发展为婚姻。我拒绝了他,因为我知道,我不是童话中的仙女(他以前的太太才是,我看过她照片上那惊人的美丽,我也看过她写的诗。)我只是一个偶然跌入幸福里的Cinderella。从一开始,我就知道,这段爱情不会通过现实而持久……"

好友,你让我怎么说?也许你是对的。为了真正留住那个多雨的、有紫丁香的、罗曼蒂克的春天,你的消极的放弃,或许正是积极的保存。你来信让我多为你播几次那首名叫《雨中的紫丁香》的风琴曲,我知道,你是真正留住了那个年轻而多情的春天。那雨、那紫丁香以及你们的爱情,在多年后的今天,似乎一点也没有褪色。

那么,让我为你祝福吧!当然,我会经常在有雨的日子,为你播放那首幽深缥远而又无限柔情的风琴曲:雨中的紫丁香。

罗　兰
1967年·春日·岛上

生活的脚步

生活有时是一个大乐章，有时是一首组曲，有时是一支短歌。但更多的时候，它是慢吞吞、犹豫不决的咏叹调。

当它是一个大乐章的时候最宏壮。你先已搜集了该用的音符，想好了主题，加上了调号，决定了节拍及表情。然后你投入那如海的音浪与声涛里，去体尝并提供一份繁华、一份热烈、一份奔腾活跃的哀乐悲欢。于是，你每分每秒都在生活，都在呼吸，都在感受，也都在发挥。你没有犹豫等待、彷徨无措的时刻，它是一个大浪推动一连串的日子，拥起一个有力的高峰。在这一连串水花四溅的日子里，包含着雄壮的主题及变奏。当时，你没有工夫去回顾它的苦乐，过后你才听到它的回响——那也许是良辰美景的欢歌，也许是艰苦辛劳的悲叹，也许是一场动心不已的恋情，也许是一幕伤心悲泣的爱的失落。主调也许是长征的号角，也许是郊野的牧笛。无论它是哀乐悲欢，它总是掌握了你生命的一大段落。它是一整章的大曲，曾经长时间地充满了你的每一个时辰。

当它是一首组曲的时候也很怡悦，你虽没有整年的奔忙，但不缺少小小的事情可做。每一天有不同的色调，有时它是一片蓝蓝的宁静，那是和知友品茗闲谈的时候；有时它是一片绿绿的安恬，那是到乡间欣赏野趣的时候；也有时它是一片白白的辽阔，那是闲坐阶前，仰望浮云，任灵思驰骋的时刻；还有时它是一抹淡淡粉红色的甜润，有一首爱的诗歌唤醒你，抚慰你，给你一点如同夏季饮料般的清新；也有时它是一片艳红与宝蓝的浓浓的繁华，你暂时卷入小喇叭或萨克斯风的嘶喊里，让鼓声与吉他的"听噔"推拥起大半个颓废的夜；或者还有时它是一片土棕色的辛勤，让你支付一份生存的攀援，一份无从预测收获的耕耘。或尽管你说那是一段令你感到严肃的生之奋斗。在这里，你听到号角担任了生命的主题。当然，又有时它是一串轻盈的笛舞，像胡桃钳组曲里的那些短短俏俐的舞，生活的调子带着孩童式的纯稚与天真。这都不错，组曲式的日子总是闲适而丰富，多变而流畅。它们不属于一个主调，但它们织成一段千花百卉的繁华，给岁月涂上了彩色，缀上了歌声。

短歌也好，至少它是一串浪花，在沉闷空白的日子里，能偶尔吹来一阵细雨，偶尔飘过一阵轻风，尽管打不破冗长的沉闷，但至少，它是一阵歌声，好像在无风的夏午，能听到恹恹的蝉声也好。

最无奈是慢吞吞、犹豫不决的咏叹调。那无聊的拖延，等待下一折似乎永不来临的欢歌。日子里没有一点高潮，一切被抑制，一切闷热，一切密云不雨，一切议而未决，无法行动，不知如何行动。于是，天天的早晨不像早晨，黄昏不似黄昏。夜来时，不知有什么理由去休息；日出后，不知有什么理由要起床。生活的脚步是如此的零散不成段落，乐器们都等待，听不到半个嘹亮的音符。有时你觉得那拖延的低音像是有了一点起色，但立刻你就发现它又降回低潮。于是，当你该起床的时候，你睡着；当你该休息的时候，你醒着。案上的书卷尘封，墙角的弦琴喑哑。风在林后迟疑，雨在天外等待；春的花期已过，秋的花期未来。而你又无心去园中照顾那干裂的泥土——今天又没有主调，你天天都懒洋洋地告诉自己。

一个无聊的约会也好，想到吃什么，去一趟嘈杂油腻的菜馆也好，收到随便什么信件也好，生活的脚步不能踩在空白的谱表上，它需要一件小事接着另一件小事——像淹水时那零星的垫脚的砖头。

于是，我想到某一个人的日历。那上面一连串地写着：×月×日，去服装店；×月×日，去美容院；×月×日，给X太太庆生；×月×日，请Y先生打牌；×月×日，赴Z小姐喜筵……

生活的浪花

序　曲

平淡的生活如止水，但偶尔亦有些许小事，激起一些欢笑与心灵的颤动，那就成为止水上的浪花，给生活平添一点恰悦，一点趣味，一点感慨或深思。

我爱这些由生活止水上飞溅起来的浪花，它们使日子浮现几串偶然的旋律，像平稳的乐章中偶尔跃出的几小节竖笛、木箫、号角，或小喇叭的颤音，明亮、爽脆，而又迸发出活力。

竹山夜雨

那日，因偶然的机缘，临时的兴会，巧遇明媚的旅伴，以一串鲜活的韵脚，织成一章竹山之旅。如此旅行，恰如一络浑圆的珠链，畅顺怡悦，圆活自如。

入山唯恐不深。时值昏夜，由南投登竹山，由竹山攀上溪头。沿途除车灯导引山路之外，但知夜雨潇潇，洗着满山幽林。我们的目的地是那远离尘寰的台大实验林场。

林中也在下雨。那雨是无数颗抖落的珠链。那些大自然晶莹的珠粒，洒落在满山幽林和几柄透明玻璃布的蓝伞上。那几柄蓝伞，是林场特为游客备置的。它们那透明的蓝，恰似由造化之手借来了几片夜空。只有夜空才有那份透明的宝石蓝。大自然最豪华，连伞柄都用的是蓝宝石，伞骨也是。我们撑起这样的宝石伞，像一朵朵闪亮的梦中之花。碎钻般的雨珠在这些旋开的透明蓝伞上轻洒，然后无声地跌落。而我们仿佛并未踩到一颗雨珠，因为我们有缘闯入仙山，于是自己也已变成仙人。我们脚步如此轻飘，也许正因为小的我们早已消失，消失在广阔幽深的茂林修竹之中。

那夜，我们宿在未见真面目的深林之宫。那秀逸的楼阁，由自然之木搭盖而成。我们投进自然，我们的心灵在木香导引中继续攀援而入梦。在那样的梦里，有神木，有天池，有无人惊扰的深深的竹林和清晨雨霁后的蓝天白云、迷濛山色，以及悠闲的鸟鸣鸡啼和野花的清芬。

我一下想再去一次竹山。因为在那梦里，我曾忘记偷偷携回一把向夜空借来的透明蓝伞。让它为我证明，我确曾在那样的雨夜，投向那样的自然与那样的深林之宫，而且寻到过那样的梦。

一枚小叶

雨后在园中修剪花木，偶然看见一个久已废弃的花盆中，不知何时长出了一枚小叶。

这枚小叶呈椭圆形，挺秀、厚实，而且非常青翠。它带着一份难以形容的欢乐的表情，伸着它小小的头，像天真顽皮的小男孩，向人笑嘻嘻地说着："喂！你看我！"

真的要看看它！

"你什么时候钻出来的呢？怎样钻出来的呢？谁让你钻出来的呢？"我蹲下来，向它问着。

小叶带着一脸的娇憨，好像说："我自然就会！不要你管！"

我想起，这个花盆里原来种的万年青，不知什么时候折断而枯萎了。我把它丢弃在园中看不到的角落。那么，这枚小叶无疑的就是一枚万年青的新叶了。

想起以前凋枯了的那棵万年青，叶子落尽，枝茎也萎缩干枯，一副毫无生机的样子，它可曾想到在它的生命早已宣告终结以后，忽然出现这样一个它所遗忘的孩子？

这枚新叶真像一个小孩,只有小孩有这份无视一切的欢喜与娇憨;只有小孩会以这样充满信心的无邪的语气对人们说:"喂!你看我!"

是的,我要看它。看它那份上天赋予的活力与清新;看它给这世界带来的新展望与新生机;看它怎样在那些自命老道的前辈面前,显露出它蓬勃健壮的生命力与无边的远景。希望属于它,创造属于它,以后的岁月属于它。

它是一项伟大的肯定。肯定生命的热与力,肯定生命的存续与不朽的价值。是的,小叶说得对——"喂!你看我!"

所有悲观灰颓的人都该看看这枚小叶。

两枚镍币

我有个年轻朋友是学艺术的,他是个乐观、勤奋、朴实、单纯,而又极富幽默感的好青年。也许正由于他具有如此强烈的艺术家气质,所以他的生活也涂着许多有趣的彩色。

那天,他坐在我家客厅里和我聊,告诉我一个故事。他说,有一天,他和一个同学一同坐火车由南部回台北。当时,两个人都很穷。两个人口袋里的钱,去掉买车票之外,一共只余27元8角,而他们非常想在下车之后去看一场电影。

学生票两张共需28元,但是他们只有27元8角。

两个人拼命搜索各人的衣袋、裤袋、皮夹、书箱,以至于每一本书页,没有。1毛钱也找不到,他们就只有这27元8角。

只要再有两毛钱不就够了。但是,偏就找不到两毛钱。

于是他们异想天开地决定,在火车到达台北之前,两人分头到各节车厢去找,看是否有人掉在车厢里两毛钱,可以拾来凑数。他们决定之后,就很认真地分头去找。车上乘客见他们那样认真地低头寻觅,以为他们丢了什么东西。许多人都问他们丢了什么?要不要帮忙找?他们当然不会告诉人家说是要找两毛钱去看电影。而不幸的是,找遍全部车厢,那么多的乘客，竟没有人掉下两毛钱在车厢里。

这时，车已到了万华车站，他们只好失望地下车。在那人潮熙攘的街道上，他们又忽然想到，可能这里会有人掉下一两毛钱的镍币。于是他们就又燃起希望之火，一同低头在路上仔细地找寻。他们相信，在这里一定不难找到一两枚或更多枚镍币——总有粗心人时常掉钱的。

但是，他们找了很久很久，腿也累了，眼也酸了，竟然没有一个人遗下过一枚镍币。当两个人将要承认绝望的时候，才发现路边有一个亮亮的东西。跑过去一看，果然是一枚镍币。但是，当他们费了很多力气，才把这枚镍币从柏油中挖出来，他们曾希望它是一枚两毛钱的，但挖到一半的时候就已知道，它只是小小的一枚——1毛钱。

天气很热，太阳无情地照着。路上有很多人聚拢来看他们两个大学生在那柏油路面上吃力地挖出一枚镍币，都带着好奇与疑惑的眼光。

他们把这枚镍币挖起来，和原有的 27 元 8 角放在一起。现在他们有 27 元 9 角了，但仍没有凑足 28 元。他们只得放弃看电影的希望。

当然，假如他们愿意去向售票小姐通融，售票小姐也许肯自己替他们补上 1 毛钱去报账，而卖给他们两张学生票。但是，他们并不想乞讨。在他们年轻的心里，只是想知道一下，除乞讨之外，你想要凭空得到一个镍币，究竟有多难。

他们知道了究竟有多难！

你平常几乎绝对看不起 1 毛钱镍币的。几乎所有人都可能把 1 毛镍币随手放在一边，而觉得这毫无用处。除非你有在陌生的车厢里、在来往的人潮中，低头寻觅一个镍币的经验，或你曾听说过这项经验。

画家青年将把他这番经验告诉他们的学生，特别是那些不知物力艰难的学生。

作为一个艺术家，取得经验的方式竟然也是如此的色彩浓烈，而给人印象如此鲜明。

白云苍狗

我很喜欢看云。看云的时候,有时使我感到悠闲自在,但也有时会使我突然想起多少年前的一件小事,而忍俊不禁。

那时候,我在一所小学教书。在给四年级上国语课的时候,课文内有"白云苍狗"的成语。当时我初出校门,缺少教学经验,就按照教员专用的"教授书"上的注解,给学生照抄。那注解是:

白云苍狗——喻世事之变幻无定。杜甫诗:"天上浮云如白衣,斯须改变如苍狗。"

我和那编书的人一样,并未想到这段引经据典的注解是否适合小学四年级学生的程度,学生当然也就生吞活剥地照记不误。

到了考试的时候,我就出了这个题目。其中有一个名叫邵兴珍的学生在"白云苍狗"四字下面所写的答案却是:"杜甫穿上白衣,忽然变成了苍狗了!"

傻　等

如说生活有浪花,则笑语声喧是最像浪花的欢腾跳跃了。于是我想到了20年前的一次音乐会。

那次音乐会是一位日本的男高音独唱。这位男高音可能是相当有名,所以台风稳练,博得掌声甚多。

为了便于听众了解演唱的节目顺序,舞台旁边特别竖立了一个大大的节目牌。一张一张的纸上写着演唱的曲名。每演唱一曲,就掀去一张。

唱了几首歌之后,节目单掀开来,曲名是大大的两个字——"傻等"。

大家都没有听过这首歌,想必是日本音乐家所写的新曲。这时演唱者走上台来，向大家深深鞠躬。掌声过后，钢琴开始弹出前奏。这段前奏跌宕梯突，高潮迭起，弹得十分起劲。弹了两三分钟之久，演唱者展开歌喉，以雄浑的声音唱出了一句激昂的"啊——"字，紧跟着，琴音和歌声就同时戛然而止。

听众先是莫名其妙地等待下文，接着却恍然大悟，这首歌除了大段前奏就只有最后一声"啊"，可不是"傻等"是什么呢？

于是，掌声和笑声如潮而至，成为那次音乐会最动人的一幕高潮，也成为我生命中时常跃起的一串欢笑的浪花。

善恶随想曲

某寒夜，和几个朋友围炉聊天，忽然谈到名贵貂皮，并谈到捉貂的方法。据那位朋友说："捉貂并不难，只是要挨一挨冷，狠一狠心。"

因为貂产在寒冷的地方。捉貂的人就拣寒冷下雪的天气，跑到有貂出没的野外，躺在雪地上装做快冻死的样子。貂生性仁慈，每见有人僵卧雪地，它便跑来用它身子去暖那即将冻死的人，希望将人救活。于是捕貂者就趁机将它捉住，带回来剥下貂皮图利。

朋友说到这里，在座者莫不唏嘘感叹，认为假如这说法是真的话，那么人类实在太残忍了！

事实上，人类也确有其残忍的一面，并不是百分之百性善的。我们天性中善性与恶性，可能是各占一半。就以人类之为害兽类来说，实在比兽类之为害人类为烈。我常想，假如兽类中另有较具智慧者编一套生物学的话，在它们分别益虫与害虫时，定会把人类列为第一大害虫。因为我们几乎捕杀各种兽类，食其肉、寝其皮、抽其筋、拔其齿、敲其髓，使它们粉身碎骨之不足。还要炮之、烙之、碎尸万段之、下锅煮之、炖之。而人类却振振有词地说那是为了营养。当我们捕了野兽而不杀它们时，则把它们关在兽槛或牢笼里，以供我们娱乐。我们有时也煞有介事地倡言保护动物，其实那仍间接是为了我们自己福利。保护斑马或天鹅，是因为不愿失去这可以赏心悦目的异兽珍禽。而假如斑马或天鹅如老鼠或苍蝇般的足以为害人类，则不论它们少到何种程度，我们也决不会去保护它们。

当然，我这种说法，会被有识之士认为天真可笑，妇人之仁。时至今日，世界已进入核子时代，你难道仍不明白这一切都是为了生存与自卫?而且在必要时不惜损"人"以利己。同时,谁都知道,我们历经数千年的研究发明与建设,始能不但脱离了原始生活的穴居野处之苦,且已实现人定胜天的豪语,正正式式地雄霸了世界。我们如果爱惜任何兽类,那也无非因为它们不但对我们无害,而且对我们有益。不但不是我们的敌人,而且是我们的朋友。不过,即使它是我们的恩兽(如貂),而假如杀它们能使我们获得财富的话,我们也将不惜"恩将仇报"地杀之以取利。因为我们认为那是人类应有的福利。

这样想来,人类真可说是性恶的。

但是,如果人类是性恶,当我们听到捕貂的故事时,又不会那样同情而唏嘘了。我们的同情与唏嘘都是发乎自然,而未经任何矫饰伪装。那么,是否我们人类该分为两种——有人性善(如我们),有人性恶(如捕貂者)呢?

却又不然。

我设想捕貂者在不捕貂时,或许也会为某项惨事而伤心落泪;为某项不义之举而忿忿不平,那时,他也是性善的。只是在他捕貂的这一件事上"性恶"而已。

那么,人性中确是同时具有善与恶的了。

然则这善恶的分际与消长的界限在哪里?何时善?何时恶?或怎样走向善?如何消弭恶呢?以捕捉貂者来说,假如他曾为邻居的不幸而落泪,但他却不为貂的善良而心软,那原因不在别处,而只在貂可使他获利耳。因此,"利"是使人迷失善性的一大原因。那么,使人趋向"利"的原动力是什么呢?一言以蔽之——"私"而已。

日文中的"我"就写做"私"。当初造日文的人似乎颇有哲学头脑。"我"即是私。越是把"我"看得重的,就越自私。因此,"自私"与"为我"即是诱发性恶的来源。一个人,不是不懂得仁爱与同情,而只是在紧要关头,一涉及"我"的利益时,则这仁爱与同情便忽然大打折扣甚至迷失不见。

《茶花女》中的玛格丽特，能赢得千秋百世读者的同情与叹息，不能赢得她爱人阿芒的父亲都华勒先生的同情与叹息，就因为都华勒先生不是读者，读者也不是都华勒先生。读者可以远远地去同情一个患肺病的风尘女子的痴情与善良的本性；而都华勒先生却为了儿子的利益（也等于他自己的利益），而坚决地残忍地让茶花女去牺牲。都华勒先生亦人也，假如他是读者，他读到这么一本书，他也会发出同情与叹息，但只因牵涉到了他切身的利益，于是，他伸出了拒绝与无情之手。此无他，私也。

人性中的恶，是在"私"中显现。

人们常能共患难，而不能共安乐。因为患难时是彼此扶助；人需你，你亦需人。对方只分担你的苦，而无从分享你的乐，故乐于相共。但安乐时则大家都希望自己拥有更多的利益，因而担心对方分去了自己的利益，所以便不能相共了。其实，仔细想想，患难相共之时，隐约不也是为了"私"（自己）的安全与便利？

许多俗话都说中了这一点，如"亲兄弟，明算账"，戒人不要人我不分，与其牵涉到私处时再去收回友情，就不如早一点把利益割分清楚。此言甚为理智，而且实在是出于对人心自私一面的深透了解。

俗话又说："先小人，后君子。"先小人者，先把人己之间的利益割分清楚。不必拘于情面，而后才可维持住君子的交情。否则日后影响到私人利益时，难免翻脸也。

人们在不涉及自身利益时，都很仁慈；然一旦涉及自身利益时，则情形不同，而其不同的程度，则视各人的天性与教育程度（按：此地指真正的人格教育，而非指争分数得来的学位）来定。"小人见利忘义，君子见利思义"，那也就是说：一个人的好与坏，君子或小人，端视他对利与义处理的态度。所谓"利"就是"私"；所谓"义"就是"公"。私是利己，公是利他。一个人越能少利己，多利他，就越接近君子。反之，一个人在义与利之间，只能选择利，而不能让自己选择义，那就是小人。

人都明白同情、仁爱与慷慨的重要，而且也都愿意去实行，但只有天生善性多或真正向往纯良的人可以成为君子或伟大的好人，其余则只是等级不同的好人或坏人。

所以，儒家那些道德训条，人格教育，无非是以"仁"为出发点，要人们去遵奉。尽量教我们仁人爱物，以维持世间的和平与幸福，最大的"仁"，当然是"舍己为人"；但较中庸的标准则是"推己及人"。"舍己"太难，如能做到"以己之苦乐，度人之苦乐"，由了解自己而了解别人；因爱惜自己，而同情别人。做到较消极的"己所不欲，勿施于人"，那也就是伟大可敬的了。

古语说"慷慨成仁易，从容就义难"。慷慨成仁，在于一瞬间良知的激动，故较易为之。从容就义则有足够的时间让自私的"我"字出现，来抵消那意欲成"仁"的利他的慷慨。所以需要绝大的理智、定力与克己的功夫。亦可见制服一个"我"字之难了。

人类确实是生来就不完美的。所幸当遇到一般事情时，我们第一个反应总是善的，这便是良知。而那恶的一面，则只在私心发作的时候出现。因此，教育上所谓的德育，也只不过是教人如何克服私欲，如何惠及他人而已。

克服私欲难不难呢？

有人难些，他们因此常犯罪，走邪路，取不义之财。

有人很容易，他们不但经常能推己及人，且在必要时，可以舍己为人。

善性可以由鼓励而激发，恶性亦可由教化而消隐。

做到这两点，便是成功的人格教育了。

白云千嶂

这几天，都在下雨。虽是冬天，这雨却是如此之像春雨，那么绵绵密密的，外表凄冷而内涵温柔的。而且杜鹃也都在这冷雨中绽开了，所以才这样像春。我隔着落地窗，发现这雨中春讯，我是那么想写信告诉你。这份诗情与画意，但我却蓦地憬悟，在我生活中，已不再有你了。自从我对你的苦难无能为力，而不得不坐视你走向极端，堕入更深的苦难以后，我没有理由再向你诉说什么，你也不再有心情来听我的诉说了！

但是，当我看阿里山云海的照片，而我又那么天真地兴起要到南部走走，到山上去访一趟雨的时候，我就又不可救药地想起了你，而我也就又可怕地为那种种失落之感所冻醒。你实在是我在这浊世中难得找到的一位性灵之友，而我现在，才在这种种失落的痛苦之中了悟，造化竟是如此残忍！它赋予人们的不是统一，而是矛盾。它让人们那向下堕落的实体拖曳住那需求飘逸的灵魂。而绝大多数的情况是：在艰苦的缠战之后，两者一同堕下深渊。无辜的灵魂哭喊着偕实体以俱亡。人们想从这相反的两极之中提炼其一，竟是如此之困难！如此之愚妄！

不是吗？如果你彻底地洒脱，你便不会为自己的孤独而如此之彷徨失措了。

如果你真是只要性灵，你便不会沾滞沉迷于几年前那一段伤心往事了。

如果你真能一切参透，你便不会侵犯到朋友们的生活，而迫使朋友们一个一个地伸出拒绝之手了。

人啊！人啊！我们是何其矛盾，何其愚昧，何其不能认识自己！

那天，梅园主人匆匆来访，告诉我说你要出家了。当时，因为梅园主人是你的近亲，所以我也只得继续做我的"乡愿"。但事实上，如果你是清醒着的，我真愿告诉你——出家在你倒不失为一条路，只要你是真的看破。

但是，假如你真的看破，你就不会如此之狂乱痛苦了。

假如你真的看破，去遁入深山，住进古刹，伴青灯古佛，读经诵卷，与茂林修竹群鸟流泉为伴，像你清醒时所常说的，你就真的是高人一等，真的是可以笑傲一切了。那时，我们这些俗物就真的只有向你顶礼膜拜了。

而且，那时，我们这些俗物将可结伴上山，去向你做一次厚颜的忏悔。然后，当我们常被俗事牵绊得无奈时，也可随时入山一访你这位某某上人，听听你的偈语，叨扰你两盏清茶或一顿素斋。那时，将是你来洗净我们心上的尘，将是我们向你去做忏悔或告解，而不会如你现在，误把我这凡人当作圣哲或教主，向我做无益的告解而得不到你所祈望的祝福了！

好友！我是多么希望你能如此！你常说，你生来就不是"在家人"。但事实上，情关难破，你那属于"在家人"的一份便成了你的魔障。似乎一个人做任何事都只是怕不彻底，如果你彻底地俗，那么，你就索性摒绝一切风花雪月，理想与禅机，做一个多欲而入世的在家人，去结婚生子，去吃喝享受，去争名夺利。而根本不作任何与众不同之想，生活便简单而统一，也快乐得多了。

而你却偏偏说那非你所愿。你既挣不脱那困扰你的红尘，又要保存你之所以为你，要随心所欲，要山水风景，要名山古刹，要皓首穷经。要那一份来去自如的自我。

试问，谁能同时拥有这两极呢？而你把你的对象又将置于何地呢？

你既不愿彻底走入尘俗，又无法彻底走向飘逸。所以你终于彷徨苦闷，无法自拔。

似乎既留恋凡尘，又向往飘逸，也正是人类多欲的一种表现吧！在交友方面也是如此。我们既希望朋友能潇潇洒洒，随时放下俗务与你畅谈竟日；又希望朋友规行矩步，遵守一切世俗的规章。既希望朋友不同凡响；又希望朋友安分正常。

我们对自己拥有的总嫌太少，对自己将要付出的常怕太多。这种自私、贪欲与小量，在某一限度之内，或可给我们适度的满足；但在这个限度之外，就会使我们苦心粉饰的一切空中楼阁在片刻之间倾圮崩坍，而无情地宣判了我们的一无是处，一无所长，而且一无所有。

为此，我曾深想：

我们善吗？不是。

我们恶吗？也不是。

我们是善恶的两面。

我也曾深想：

我们俗吗？不是。

我们雅吗？也不是。

我们是雅俗的两面。

因此，我也曾深想：

世间有多少友谊呢？

很少。友谊时常会在自私面前止步。

这自私，包括：

如果你索取得太多，你自私。

如果对方吝于给付，他自私。

如果你们彼此侵犯了对方的生活，而你们谁也不肯让自己的生活被侵犯，那么，你们都自私。

世间有人可以放弃自私吗？

或许有的，那是圣人（真正理想中的圣人，而非伪君子），或出家人（真正参悟了的出家人）。这种人很少，但那是一点希望。

人们自私是为了保护自己和与自己有关的人们的权益。唯圣人能舍己而为人，其自私的成分可减至最小限度。此外便是出家人了。

出家人无我执，故不止形迹上能飘然去来，想法上亦少偏私。始可"行止皆无地，招寻独有君"；始可"溪花与禅意，相对亦忘言"；始可"山光悦鸟性，潭影空人心"。

我们能吗？

先前我们都以为我们"能"，而现在，你我都已被证明了——我们不能。因为我们既非圣人，也非出家人。

在痛责自己之余，我只希望你这次能超越你那难以超越的魔障。然后，你所历过的那些劫难，或可都成为一些对你的棒喝，使你憬悟，使你放弃，使你抓住你一直想要抓住的那个真我。那时，你或真有资格去谈出世。

如果你在山寺中能静心阅读与写作，对你自己，固然可以修心养性；对世人，或许亦可有所贡献。至低限度，你放开了使你困扰不宁，而不可能得到的一边，解除了那可怕的冲突与矛盾，而可以找到令人欣羡的宁静。

那时，你或许会返顾我们这些无益之友，对我们做悲悯的微笑。

那时，你将以出世者的襟怀，允许我们去你的寺宇，向你讨教一点禅机。那时，始可真有你常说的"拈花微笑"的场面；你始可真的自称为一个"四大皆空"的方外人；你始可表里一致而心气平和。

出世是并不容易的，它需要大智慧、大勇敢，它不可能决定于矛盾之中，它只能决定于真正的超脱。否则，你该放弃这原不属于你的飘逸，而回返你所鄙弃的凡庸。

你我都需了悟，平庸之福易得，超逸之福难求。

舍开自己的条件不去衡量，而妄言自己将如何与众不同，那只是一种可怜的愚昧。但如果你真有那慧根，那悟性与勇气，你或可看破情关，抛开恩怨，摆脱凡尘，而毫无勉强与遗憾地隐入白云千嶂。

孩子的画与文

那天，整理书柜与书桌，发现许多宝藏。

宝藏之一是孩子们从幼稚园到高中的图画。蜡笔的、颜色钢笔的、水彩的、炭笔的，画在白报纸上的、模造纸上的，还有画在旧时的卫生草纸上的。有在学校课堂上画的，有随私人教师画的，也有自己随便在家里画的。

宝藏之二是孩子们从小学到高中的日记、周记、作文及信件。从生平无大志的"我不想做一个什么'家'，我只想要一个家庭"，到"我有一个严肃的好爸爸"。从"我背不出九九表被挨骂"，到"离开了念、背、打的小学，进入了吃、玩、睡的中学"。还有对教育的意见，对时事的意见，对爸妈的意见等等。

宝藏之三是各种证书和奖状。对这宝藏之三，我觉得有两种矛盾的心情。一是感到严肃，二是感到愧疚。感到严肃的是因为它们都是在庄严的典礼中，郑重其事地接受过来。感到愧疚的是，我一直未曾"善待"它们。未曾"善待"的结果是：自从领来之后，就那么一卷一卷地随手放置，因此它们有的在这个抽屉，有的在那个抽屉。有的在橱子的底层，埋在旧书背后；有的是在架子顶上，蛛网尘封。

也就由于这一份愧疚之情，所以决心趁此把它们按着年次排好，叠成厚厚的一叠，用牛皮纸包装整齐，外加尼龙绳束妥，锁在铁柜中。心想，这样就不会散失了。

在整理的时候，刚好有朋友来访。好在熟人，就请她上楼来参观我的一室凌乱。她见我把那么多奖状都包在牛皮纸里，准备束之高阁，就责怪我说：

"你这人也真差劲！孩子们得的每一张奖状都是一份荣誉，怎么不给它们装个镜框挂起来呢？"

我一想，对呀！当初怎么没想到该把它们挂起来呢？真是糊涂！于是，一面对朋友表示我这人实在太马虎，一面继续把它们包起来了。

朋友在一旁看着，不觉笑道：

"嗳，你怎么搞的？现在挂也不晚哪！"

"现在挂？"我一面整理一面说，"那不成了开展览会了吗？"

三个孩子从幼稚园到高中毕业，不知怎么会得了那么多的奖状。有美术比赛的，有服务热心的，有模范儿童的。演讲比赛的最多，从小到大，从国语到外文。还有辩论会得胜的。奖状有大张的，有小张的，有硬纸的，有软纸的，有中文的，有外文的。当初他们把奖状交给我，我看过之后，夸奖他们几句，就把奖状随手收存，从未想到该把它们挂起来。孩子也从未表示如何重视这些奖状。

我说他们从未重视这些奖状是因为我对他们的心情另有一番了解，这番了解，来自一件偶然的小事。

那时候，老二读小学二年级。有一次，成绩单发回来，我看了看，是第七名，就随口问她说：

"你以前好像考过第一名嘛！怎么好久都不考第一名了？"

她轻描淡写地回答说：

"考第一名会被别人恨，不如考后面一点。"

于是她告诉我，当她考第一名的时候，那位一直保持第一的小朋友曾经痛哭不已，使她觉得非常难过，所以决心不再争什么第一。

我未曾想到她小小年纪，竟然会不声不响地有此一悟，经她这样一说，倒颇为庆幸自己从未责成他们非考第一不可。本来，小学一二年级的功课简单，考卷发下来，考100分的常在一二十人以上，教师要在众多的 100 分中，去分出名次，实在是一件煞费苦心的事。因此往往一勾、一点之差，考卷整洁与否都得列入计分范围。学期成绩更要加入操行、服务等主观的惩奖，以便分出名次。孩子们如果真的非考第一不可，则未免太可怜了。但就有很多做父母的，喜欢以名次的先后来考核孩子的成绩，以致造成孩子们心理上不必要的紧张，对周围环境也在无形中充满了戒备。

保持纪录实在是世上最艰苦的事。第一只有一个，你的荣誉心和环境的压力迫使你要永远占有它，不能跌落。而偏偏它又是众人所要一致争取的一个荣衔。凡事只有一个第一，而且众人认定只有第一才最光荣。无论其间相差何等微小，第一永远高高在上，第二却不是人们注意的焦点。你要荣耀，就得争取这个唯一仅有的第一。你要不失败，不屈辱，就得拼命保有这个第一。因为一旦你习惯了这第一的盛誉与光荣，就无法忍受失去时的冰冷与悲哀。尽管那一分半分、零点几分之差，并无关你真正的成绩，但事实却就是那么冷酷，人们只仰望那夺得锦标的，而对那卫冕失败者只投以悲悯而已。

我怜悯一切的卫冕者。当他们在万千观众面前被挑战者一拳击倒，裁判数到十，而他挣扎不起时的那场面，以及观众对胜利者的欢呼，都使我感到这种竞争的残酷和愚昧。它并不证明实力，胜者与败者所差也许只是一次意外的失手或一点小小的幸运。但他们却被判要在万千观众面前接受欢呼或悲悯。而成功者在诸般光荣加于一身的顷刻过去之后，立刻就变为被挑战者，当下一次卫冕赛来临之时，他要招架多少个新来的精锐，在变相的"车轮战法"之下，保有那顶冠冕是何等的艰苦！最不平的是，当他最后不幸失去这项冠冕时，就连他既有的成绩也似乎被否定了。

我不希望把孩子们的学业成绩也用这种"打擂台"的方式去衡量。第一名与第二名以至第十名的成绩所差实在微乎其微。尤其是学期成绩，其中加入了音、体、劳、美等学科，还有最无客观标准的操行分数，就更不能据以判定学生用功的程度；更不能据以判定学生的才华。往往一个有天才的学生并不是最会应付考试的学生，尤其如果他的才华特别偏重某一学科的话，就更无法以名次去评定他的优劣。又何必为了一个不一定代表什么的第一名，而使孩子心情紧张呢？

我所重视的不是这些奖状，而是另外的两种"宝藏"——图画和作文。

孩子们的图画最能表达他们天真的心情。刚进小学时所画的一张蜡笔画《上学去》，正是每一个孩子初见学校大门时的感受。未进幼稚园以前，在灰色的草纸上用铅笔画的一张稚拙的马，仿佛连当时他俯在矮矮的玻璃茶几上作画的神态都跃然纸上。还有那色彩浓烈的野餐图，豪迈大胆的帽子设计，小马在母马腹下仰首吮乳的可爱的《母与子》，只剩一只兔子倚着一个坟墓的《世界末日图》等等，都不是他们长大之后所可画得出来的。这些画，忠实地记录着他们当时的心情，也流露出他们的个性与对人生的天真的看法。

孩子们不善于用语言来表达自己。你如问他："你现在在想什么？"他可能说不出来。但你可以从他们随手画出的图画中去了解他们，那些图画正是他们心灵活动的轨迹。

再有就是他们的周记、日记和作文了。从有题的《骑车记》、《挨打记》，到无题的"今天真是最快乐的一天"，都值得你仔细欣赏，认真研究，从文字背后，了解他们当时的心情与对日常生活的感受。

整理书柜，把他们以前所读过的大堆小堆的教科书，所写过的成垛的作业纸与作业簿，都毫无顾惜地扔了，把他们所得的奖状以审慎的心情束之高阁。唯独对他们的文与画，我将仔细装订存留，暇时好好欣赏。

孩子大了，做父母的常会怀念他们童年天真的模样，总是懊恨当初摄影机未曾普遍，未能把他们的童年活动保存下来。其实，即使有摄影留存，也只是他们的形貌。不如画与文，可以让你有机会以较成熟的心情，重新回顾当初自己抚养他们过程中的得失，重新了解自己给孩子所安排的一切在他们心中的反映。对孩子本身来说，为他们仔细保存幼年的笔墨，待长大之后再去欣赏，重新认识自己的童年，也是一件极有趣味的事，何乐而不为呢？

智者乐水

读初二的老三,最近常打电话给她小学时的一个女同学,一会儿约她出去看电影,一会儿约她出去游水,一会儿又约她去划船。

虽说,暑假里找女同学玩玩,算不得什么不对。问题是,那女同学品行不佳,是大家公认的一个"太妹"。虽说"太妹"也有"太妹"的苦衷,她之所以成为现在这副模样,家庭社会都有责任。何况她也颇有自知之明,每次老三约她,她总是推三阻四,说:"别找我,我会把你带坏。"每次老三把她的话转给我,都引起我莫大的同情与感慨。但是,只因老三年幼无知,人又随和,我不能因为同情那个女孩,而就放任老三去同她做朋友。

但是,当我阻止老三的时候,却发生了困难。她不明白为什么我不相信她。

"我不会学坏。"她就,"我只不过是和她玩玩,有什么关系?你不应该不相信我。"

我知道我不应该不相信孩子。父母对子女确实应该表示信任,这样才可以使他们有自尊,肯自律,才可以真正使你放心。

但是,我不能无条件地相信孩子。我要在该放心的时候放心,不该放心的时候谨慎。只是我不能使孩子觉察我不信任她就是了。

她坚持要去,在我没有充分的理由说服她之前,即使她勉强听话,我也知道她内心里并不服气,而且她为此一定会很痛苦。

当晚,我想来想去,难以入眠。走到她房间去看她,见她已睡熟。床头柜上放着一个羽毛球。我想到这羽毛球是她亲自跑到附近小店买回来的。买回来之后,费尽唇舌,求哥哥姊姊陪她打,而哥哥姊姊偏都不喜运动。求我打，我说不会。求她爸爸打，她爸爸没兴趣。求阿美陪她打，阿美又忙。结果还是没打成。

由此我又想到，自从一放暑假，她就吵着要去福隆学游泳。我先是说，平常上班没时间，周末又太挤。后来，我说我实在是不喜欢去，我怕太阳，怕挤车子，又不会游泳，觉得去海滨实在是乐不抵苦。她又求她爸爸带她去，她爸爸比我更忙，更不喜欢运动。而且他即使有空，也情愿去俱乐部枯坐，结果半个暑假已经过去，她仍只是停在家里，除了做功课，就只能看看电视。她一有空就求人陪她玩，而并没有人肯略微勉强自己一下，去陪她玩。

看看她床头柜上那个寂寞的羽毛球，我忽然为她心酸起来。平常我竟一直忽略了她是这样的寂寞、委屈，而缺少游伴。

难怪她要去找那个好玩喜动的"太妹"了！

在家中父母兄弟都不肯陪她玩的情形之下，以好动如她，岂能不向外发展？

一个暑假，她都在念叨着要去游泳，而我并没有理会她那迫切的心情。似乎我们所认为的"正事"只是闷闷地坐在家里，而并没有设身处地去为孩子设想。我们是多么自私，而缺少同情！

于是，我又想到她幼时一直都在学芭蕾舞。本来，以我的看法，那种舞既不自然，又不易有真正的成就。而且，每次表演相当费钱，我又得跟在后面做"跟包"。那忙忙乱乱的舞台气氛，也与我的个性不合。但是，她却乐此不疲，拼着挨骂，忍受全家的抱怨，她也要去。有一阵，停止不学，她就变得十分暴躁不乖，直到我找出原因，让她恢复学习，才算好转。

由此，我豁然领悟，我是太忽略她好动的天性了！孩子发生问题，多半是父母的过失，我们怎能以苍老衰颓的心境去认定孩子也应如我们一样，像佛一般地坐在家里呢？

于是，我下决心，明天一大早就带她去"再春"游泳。即使我对游泳无兴趣,却不能希望我的孩子也对游泳无兴趣。

决定之后,我开始安心入睡。

第二天一大早,我梳洗停当,来到她的床前,她正懒洋洋地躺在床上,我说:"走!我带你游泳去。"

她一翻身坐起来,惊喜地问:"真的?"一面说,一面把衣服换好,匆匆梳洗完毕,把泳衣、泳帽、毛巾等等一口气塞在袋子里,其迅速利落,使我回想到她幼时的敏捷。记得最近我常问她:"你怎么越来越慢腾腾了?小时候,不论是去上学、是去跳舞,总是外面车子一叫,你就一面答应,一面拿包包,一面穿鞋,一阵风似的飞奔而去,现在为什么不了?"

"现在,我找出了原因。"她仍是这么一阵风似的,只要你使她愉快。

"再春"游泳池一片湛绿。她以前跟同学来过一次,这次便如识途"小"马,把我带到有伞出租的地方,帮我租好了伞,嘱我放心在这里看书休息,她们那边自有救生员照顾,然后自己跑去更衣,到"中池"游泳去了。

我在伞下悠然独坐。打开带来的《读者文摘》安享属于我的那份宁静。

何乐而不为呢?既满足了孩子的好动,也满足了我那喜欢"偷得浮生半日闲"的好静。到了中午,她晒得红红的,精神饱满地和我一同回家。

"还想找××同学吗?"我问她。

"有你陪我去游泳,我不用找她了。"她答。

寂寞童心

小女儿又在用她那出奇快速的语调向她父亲述说学校里的琐事。而她父亲已经穿好了西装，打好了领带，准备出去参加酒会。他坐在那里，一面系鞋带，一面看手表，口中"嗯，嗯"地答应着。我走过来，坐在他们父女旁边，插嘴道："你说的那个同学，家在不在台北？"

小女儿看看我，语调慢下来，答道："她家不在台北，她家在基隆。"

"你刚才是不是说她会讲故事？"我猜着问。

"不是，讲故事是另一个同学。她会打球。"

"好，你再说一遍，慢慢说。刚才你说的我没有听到。"

我们这样说着，她爸爸也开始把心思集中起来，认真倾听女儿那些孩子气的叙述。当有人认真听她说时，她就不说得那么快了。

不知从什么时候开始，她说话这样喜欢抢时间。起初我只矫正她说话的速度，但是无效。慢慢的，我才发现，她这样急急忙忙地说，实在是因为我和她父亲"太忙"。

我们总是觉得自己没有那份多余的时间来和孩子一起聊天。我们除了忙公事、忙私事外，即使有了一点时间，也情愿坐在那里专心地看报、看书或看电视，甚至于我们觉得闭起眼睛休息一会儿，也比和孩子谈话重要。

而孩子心中的许多感受、疑问或喜乐，就一直找不到机会向我们表达，两个大一点的孩子较为含蓄，有事不说也不觉得苦恼。而老三却生来活泼外向，任何事都不愿闷在心里。同时她又特别好奇，又喜欢多想，因此问题既多，意见也多。所以，她总是一有机会就抓住我们，滔滔不绝地讲。而她又深知我们缺少时间及耐性去听，所以只好尽量快说，以免我们在她未说完之前，就把她的话题打断。久而久之，说话又快又急，就成了她的习惯。

当发现她这习惯的成因之后，我直责怪自己！除随时提醒自己尽量设法补偿之外，我不由得怀念起老式的家庭来。

老家庭里的人们不会是个个都忙的。她们分工合作，男主外，女主内，老人则有机会享享清福，陪伴年幼的孩子就成了老人家唯一的正事，这正事也是他们最大的乐趣。他们不但比那些年轻的父母更会照料孩子们的饮食寒暖，而且有从容的时间教导孩子们应对进退，并且顺便就做了孩子们的启蒙教师，教他们认方块字和写"仿"。

不久以前，一位老工友在我家闲聊。无意中，我听到他和我家老大聊得很投机，使一向沉默寡言的老大也高高兴兴地和他有问有答起来。老工友从他年轻时的淘气，谈到他长大后如何从军，最后谈到一个人该怎样照料自己的饮食起居，使老大听得津津有味。他的话既温和，又亲切、又很实际，还包含着许多生活教益，那正是老式家庭中，长辈于晚辈之间，寓教育于闲谈的口吻。那种教育是亲切的、自然的、不着痕迹而又深入的。

由此，我又想到，好几年前，一位邻居的老太太在我家聊天。忽然听到在房间睡觉的孩子打了一个喷嚏，我正想起身去给孩子加盖一层被，老太太却在旁边用她那标准老式的北平话说："孩子热啦！"

"热啦？"我不禁愕然，"打喷嚏不是冷吗？"

"打喷嚏是暖过来啦！"老太太说，"别再去盖被，再盖被，孩子就要热着呢！"

"热着？"我简直不相信我的耳朵，"我只听说冻着，可没听说热着呢！"

"太热了就容易感冒。本来孩子就热，你再给他盖，就'捂'出喘病来啦！"

我怔在那里，老大真是从小就有气喘病。老太太就像未卜先知似的。

寂寞童心

想到自己每听到孩子打喷嚏，就以为他是冷，就给他加衣服。再打喷嚏，就再加衣服。谁知道孩子打喷嚏原来是热呢？

假如早认识这位老人家，孩子不知少受多少苦。

我们在学校课本上，学不到多少生活常识，我们的生活常识多半是由长辈口传心授，由日常生活中一点一点地学来。然而，在匆忙而孤寂的小家庭生活中，父母都是急急匆匆地忙着，忙生活，忙事业，或为了生活与事业而忙应酬。难得有一点在家的时间，却已没有精神与心情来和孩子相处。仿佛孩子只要吃饱穿暖有学上，就已尽到了责任。我们常自命时髦而蔑视老人家，觉得他们是多么的陈腐、落伍，而又无用！我们忘恩负义地以为一切道理均可由我们自己创造，而不必接受任何前人留下来的经验。

我们忘记了自己幼年时，在祖父母、外祖父母、叔伯祖父母……那些悠闲而富爱心的老人家膝前，所得到的充分照顾。那些老人家是怎样有耐心地喜欢听我们幼稚的唠叨，是怎样兴趣盎然地把他们一生的经验，源源本本地、一遍又一遍地，像讲故事似的讲给我们听。

有什么教育比那种教育更自然、更深入、更有爱、更久远呢？

何况，老人家也是寂寞的，而且也是喜欢絮絮地讲话给人听的。让喜欢听大人讲话的孩子和喜欢讲话给人听的老人家在一起，岂不正是上帝巧妙的安排？

难怪美国有人想到把孩子交给养老院的老人去照料。在青年和中年人都只顾奔忙的现代生活里，让需要伴侣的老人和需要亲情的小孩在一起，互慰寂寥，或许多少可以弥补一下这使人们越来越孤立的时代的缺陷吧？

植物的世界

夏天,是植物们享受生命的季节。

林木翁郁极了,草也无比的茂密,芦草更像海浪,风吹来,一片萧萧的海潮音。因此使你想到,夏是属于清凉,而非属于炎热。

日午,南风吹来,蝉声一片,那也是一种凉爽的薰然。

何况,藤萝架下,荷花池旁,都给你一份欲睡的宁静与沁凉。

夏天的花和春花不同,夏天的花有浓烈的生命之力。如果说,春花开放是因为风的温慰,那么,夏天的花就是由于太阳的激发了。

你看那冲力十足的太阳花,热带美人般的非洲菊,抢尽了天下颜色的红蓝粉紫的牵牛花和野茉莉,向太阳分来一把火似的石榴花与夹竹桃,挤满了花圃的凤仙草,还有晒不怕的向日葵,和那些红得像要溢出来似的西番莲,那么多花瓣也不能分散那如丹的艳红……它们是夏天嘹亮的高歌。

还有另一些袅娜的花,是夏天的抒情小曲。藤萝花浅浅的紫,婉约的、成串的,装饰着满架的叶群。白兰花是晒不黑的南方佳丽,柔媚挺秀地吐着芬芳。晚香玉则是不想强调自我的北方女孩,晚风吹来时,就那么不假修饰地香啊香,香得整个的夏夜都充满了诗情。

野花是夏天的民歌。它们以多取胜,不求闻达地在野地里、短篱边,随意地开着,一群一群的。就因为它们不在意自己是什么颜色,反而配出了无数的颜色。颜色配得太多,来不及分派的时候,就在一朵花上加了点或线,或干脆分一半给红,分一半给蓝,成了"花"花。

荷花在水上开,让叶子的圆伞给池水遮荫,它自己却让阳光把它晒成浅浅的红,让好奇的孩子们把它的花瓣当小船,在池水中漂来漂去。

花的天性就是不在意自己开得久暂和是否消失。

花瓣从不觉得自己的身世有什么"飘零"。

它们就是那么随意地开落。也许是因为它们知道，明天还会有同样的一大群花；也许是因为它们知道，这就是花的本色。

这是为什么，给小孩子们当作小船在池水中漂着的荷花瓣，总像是带着甜甜的笑靥。

夏天也是草的世界。野地里，固然铺满了劲健的青草，庭院的砖缝间、墙角边，也照样挤出来不甘被埋没的草叶。真不知那纤细的草茎怎么钻得出那严密坚硬的砖缝，而它们绿得那么深透，又饱含着脆脆的水分，使你不得不承认，它们是受着大地最多的眷顾。大地喜欢先让青草给它打上一层匀净湛绿的底色，来衬托花，也衬托树，而且还衬托人兽与房屋。更给河流与湖泊沿上漂亮浑厚的绿边，让大树的浓荫给草地印上深苍的阴影，来描绘晨昏或日午。也让凉夜的露珠借着草叶的青翠，来显示它们的晶莹。

夏天更是树的世界。茂密的叶子，一层又一层，像是为了欢迎并推拥那远来的南风。让风的低音给人间带来如梦的薰然，带来白日的朦胧。

清晨的树浴着朝雾，给初升的阳光隔上一层轻纱，淡淡的那么一份清凉。

日午的树带着风的低吟，给人催眠。静极了，那么一份无须焦虑的悄然。

向晚的树像是专为衬托那熔金的落日，绚烂的晚霞在树群后面，向大地挥手告别一天的繁华，然后在淡紫或深灰的幕后隐去。树也就渐渐和星空混而为一，在夜风中摇曳着，轻轻入梦。

夏天的植物是大地生命力毫无保留的怒放。万紫千红的花儿就织在苍翠葱郁的林木与青翠之间，装饰点缀着这绚丽的世界，在宇宙的这一星系的轨道上，欢快地运转，向造化的无形之眼展示无穷的生机。

夏天的诗

纷纷红紫已成尘
布谷声中夏令新
夹路桑麻行不尽
始知身是太平人

这真是一首最动人的夏天的诗。

快乐啊！快乐！

悠闲啊！悠闲！

而它又是何其丰富！多么入世！万种的勤奋与对生命的热爱。

尤其是暑假里，在乡下老家度过的那些夏日傍晚，更使我想到这首诗。

乡间的晚饭是4点钟吃的。有新炊的秫米饭，老腌的咸菜，麻油拌豆腐，后门外蓟运河里打上来的鲜鱼和家中后园自己种的豆角与青菜。饭后，正当红日逐渐偏西，暑气渐消的时辰，可以有充裕的时间去郊外农田散步。

小路上，我们步履轻快，两旁榆柳成荫。春日桃李确是已经落尽，换上了夏日的浓绿。这红紫成尘的新来的夏季，正向我们报告着生机的繁荣与丰富。

五谷青蔬都在成长，自然界供给我们一切所需，而宁静的国土上，没有刀兵杀伐之声。

我们漫步在田畦上，小憩在老树边，看落日逐渐沉向远天。蛙声渐起，萤火虫开始点缀绿野。晚风中，大路边的芦草越来越像海浪。那就是我们该起身回家的时候了。这是一首最踏实的田园曲。作为一个小小的人类,有简单的米谷鱼蔬可以充饥;有静沉沉的院落屋宇可以归宿;有好风驱暑,得以做个太平人,焉能不由衷歌颂?

而这歌颂——夹路桑麻行不尽,始知身是太平人——又是何等的富于对生命与生活的热情!

南风的旋律

夏天的南风是一首无伴奏的大提琴曲，缓缓地展示出悠闲的假日情调，带着那么一种诗意的慵懒。

暑假像是一首留有一片空白的谱表。属于人间的乐章暂时沉静下来，把世界留给为了迎接盛夏而茂密起来的花木，让它们安心任意地生长。

人们却躲在有荫影的地方、有石阶的地方、有"过堂风"的地方，享受那长长的明蓝色调的夏日。让那大提琴般的低缓的、单音的、悠然的南风，轻轻地回绕，织一个沉静的夏日的梦。

这梦里，有树的绿荫、花的清芬、蝶蜂的飞舞和池水的深碧。心就慢慢地随着那淡淡的南风的旋律，飞出了墙垣，飞向了天边。

天边不是某一个异国的芬芳，而是自己那有着更茂密的林木花草的家园。那里记载着属于古老中国的悠久的岁月和属于小小自己的怡然的童年。

南风的主题在窗棂上，在叶隙间，在垂柳的柔丝上，在老式房屋的穿堂里，在响着蝉声的公园，在可以泛舟的亮满阳光的湖水上。

那属于夏天午后的恹恹的清凉，似乎正因为它饱含了生命的繁华，才如此的低沉静寂。它使你觉得当一切丰富到了极点，都会变成如此的一份令人无从捉摸的恹恹的单音。这单音，凝聚时，是一根琴弦；化开了，却是无穷与无限。

于是，当这南风的旋律拂过树梢时，是婆娑的叶群。

拂过水面时，是粼粼的浪纹。

而当它拂过你静止的心上时，那就是多彩人生的回响了。

夏夜繁星

从前有一种小楷笔,浅黄的竹管上,贴着细致的红纸标签,上面写着"一天星斗焕文章"。

真是绝佳的诗句!不知那些文雅的中国前辈是何处得来的灵感,"一天星斗"确实是文章的前奏。

如果没有那暑气全消、凉风渐起的夏夜,人们就不会有那么多机会细数那满天的繁星,去为它们编故事、写神话了。

夏天的夜色来得迟。黄昏拖着长长的裙裾,舒舒展展地踱步,把一天的暑气细心地收敛,然后才慢慢地隐去。

星星不等黄昏褪尽,就开始在淡灰的天空中一个一个地出现。起初,你会说,上面只出了一个星。但你立刻看见不远还有一个,而且另一边还有一个。不止一个,而是三个。不止三个,而是很多个。

星星就是这么喜欢调笑的小精灵,闪着亮眼,躲在你明明看不见的地方,却打赌说它早就在那里,是你没有看见。使你不服气,辩说它一定刚刚并没有在那里。它却只是对你顽皮地眨眼,不由你不对自己的注意力开始怀疑。

要说也是,我们对细碎的东西常常不会给予准确的注意,何况是星,那么一大把的被造物者任意一撒。它们除了平面上的,还有从深深远远的地方透过来的。在夏夜数过繁星的人都早已发现,天不是一张幕,它是一片广远的、深不可测的空间,那空间里,布满着星群。

就在你数星的时候,夜色悄悄地涂满了空间。天变成了浓浓的黑蓝。星就撒在那其深如海的黑蓝里,你再也数不清它们有多少。好像就在那几颗先到的星星向你调笑的时候,其余的已经趁你不备,涌来了一大群,而且立刻各就各位，向你炫耀它们的机伶。那星群的闪烁与成串的光辉，像柴可夫斯基乐谱上那善于编织幻想的竖琴。

于是，你和你的同伴们也妥协地静下来，专心地赏星。想象其中有一颗星属于你，或有一颗星可以寄放你的心愿。想象某一个你所思念或崇仰的人是其中一颗最亮的星的化身。想象那偶然划过的殒星是某一个不平凡的生命的最后光芒。想象星与星也是邻居，也有交往，也有爱情与别离，也想象那随着不同日子的斗转星移象征着某些命运的改变。

夏夜繁星是一组歌，也是一群梦。

看星的人常常就这样在夜风中入睡。他们的梦里，装饰着满天的繁星。

有人梦到了自己也在一颗星上，驶入了其余的星群。

亿万年来，人们发现，只有这一个关于星的梦，忽然成真。

山上雨·雨中山

那天清早,本该去城中办事,出得门来,却见一片潇潇雨,一时决定不去办事而去游山。

雨天的山路像小墨画,溶溶漾漾的绿与淡灰织成一片苍茫与幽寂。雨天,人们都不出来,正好留下这片静,给爱雨的我。

在树林里,在流泉旁,在石栏上,在潇潇的雨中,我撑着伞,慢慢地踱步。摆脱了琐事的纠缠,才感到心情的安闲,才可以细听那泉水的玎琮,细看雨丝怎样在林中飘洒,草地怎样因雨珠与露珠的妆缀而晶莹。

林深处有一泓池水,水边树木的绿色倒映在池水里,和漂在池上的落叶渲染成一片深浓而透明的、濡湿的绿。欣喜自己有时间、有心情,安闲地细看,细看当雨歇时,由树叶上轻轻滴下的雨珠怎样跌落在水面,点上一个圆,然后悠悠地扩散,那涟漪就消失在潭水里。仿佛听到水珠滴落的声音,实际上并没有声音,而只是那么偶然的一滴,又一滴,一个圆,又一个圆。而那由上流淙淙而来的清泉,经过石坡,汇成一片小小的瀑布,又从这里折向下游,扬长地流去,靠石坡边沿处的水,粼粼的起着皱,像是不想要那么快地流走,却又立刻决心摆脱了牵恋,向着远远的无涯与无际奔流而去,轻快而怡然。

人们说,清泉可以洗心,而我却有无心可洗的悠然。人生的前一阶段是总想修炼自己,让自己学好一点,做对一点,得多一点。而后一个阶段却觉那一切的好、对与多,都因自己的不存在而不存在,都因自己的渺小而渺小。自己是宇宙间芸芸万物之一的偶然一现,在偶然的机缘中见到自我,见到宇宙。但这自我实相当于一枚叶子,一只粉蝶,一滴轻轻滴入流泉,慢慢扩散而又消失的水滴,形成与消失在大宇宙间,无声无息，如那滴无声滴入深潭的水，如此静寂，如此悠然，如此不被察觉。

当觉得自己很大的时候，一切的对、好与多，都很大，都难企及。当悟到自己仅是宇宙间的一滴无声的水，乃觉自己化入深潭就是深潭，化入宇宙就是宇宙。无自己也就无心，无心还有什么可洗？

"本来无一物，何处惹尘埃？"

其实，尘埃也不是尘埃。尘埃也与我一体。那只翩翩飞来的白蝴蝶也与我一体。一树、一石，都和我同源。我在雨中、林中、泉边、石上；雨、林、泉、石，也在我足下、我身旁。我用掌心抚摩山石与树木，感觉它们那属于宇宙大生命的脉络，觉得我与山石的脉搏也相通。我的掌心渗入了树的生命的呼吸。泥土并不是肮脏的东西，虫豸并不是可怕的东西。而树木与山石都是生命，都欢跃，都与我息息相通。那些落叶漂在水上，挤着、转着，终于流去了。那却不是消失，也并未死亡，它们仍是属于天地宇宙一微粒，在树上，在水中，生长或枯黄，都仍与天地同在。

林中没有人踪，静听，却有许多蝉声。人们喜欢听蝉声与虫鸣，因为它们是我们的另一种声音。

人们常夸示自己对大自然的爱，好像我们欣赏一幅画，一篇文，一件工艺品，觉得我们欣赏大自然是对大自然的一项嘉奖。其实，我们对大自然的感情是一种先天的亲情。我们欣赏飞鸟与彩蝶，喜爱走兽与飞禽，那感情，其实是一种兄弟手足之情。大自然需要具体的生命，而一切的生物都是这具体生命的象征。

自然即我们，我们即自然。粉蝶、虫鱼，是我们的另一形态。在大自然的母体上，我们有时是思想着、劳动着、建设发明着的"人"。在未形成之前，或"物化"之后，我们或许是飞扬着的轻尘，或许是埋藏在地下的泥土，或许会再滋生为虫蚁，蜉化为蝶蜂；或许荣养了树木，点缀了山林。无论我们如何演化，总属于自然生生不息的大生命。

树木花草是大地的气管与肺叶,泉水与江河海洋是大地的脉络,鸟兽虫鱼及人类是大地的眼睛。从能触摸,能闻嗅,到能感觉,能视听,能思想,能创造,能发明,种种生机,都无非是大地的一份精灵,能站起来替大地思想与活动,能认识周围的环境,自以为很聪明,想要脱离母体而生存,想要了解自己从何而来,却从未得到回音。直到最后归返泥土,还在抱怨,还在抗议,认为自己应该有权摆脱母体而升入天堂,却不知,即使有天堂,也必包含在无边的宇宙之内,死后归于地,归于天,归于风,归于土,或归于任何人所未知的地方,人也不能改变"自己仅是宇宙一微尘"的渺小的身份。

人们狂妄自大,是不知道或不承认宇宙之大。

人们总想征服,总想超越,是不知道或不认识自己之小。

人们轻贱生命,漠视生命,却又是不知道自己与天地自然乃是一体,天地自然博大无边,永恒无际,人也因此而博大无边,永恒无际。正如一个美人之为美人,她的毛发、唇齿,都与她共为一个"美人"。一个智者之为智者,他的呼吸谈吐皆属于这一智者。天地自然博大永恒,人也就因此而与天地自然同其博大永恒了。

当"小我"逝去,宇宙自然的大我尚在运行。

弯过山林,步上溪桥,一抬头,却见云雾迷濛的山峰,由苍翠转向空茫。这一片永恒的幽寂却就是大地无言的生机。那长满蓁莽的青山,杳无人踪;你却不再敢说,无人踪的地方,就无生命。

寻觅·失落

不知是谁给这条羊肠小路铺上了一排间隔均匀的白色水泥砖。

水泥砖给泥湿的小路打上了一行格子，像一条平放着的木梯，展现一种有规律的跳跃感，与这小路应有的隐蔽之美形成了颇为恰适的韵律。

两旁依然幽寂。细幼的新草，十分茂密，簇拥在小路的两侧。三色苜蓿的小紫花细细地开了许多。还有那些小黄野花，野花们独具一份清逸之姿，不着一点修饰，不必一丝造作，就那么轻轻地开着，一点也不希求谁来关注、谁来欣赏地那么怡悦地开着。那些嫩草，数不过来的那么细茸茸、密丛丛，绿得那么深脆，那么透彻，那么浓，它们簇簇拥拥地生长着，自得其乐，不屑听人说权势纷争。生命就是如此的真实，当春雨过后，春阳照临，一切都自然地发荣。

生长在这窄窄幽幽的小路旁又何妨？生长在广漠无边的原野间也一样——一样的发荣与滋长。

只是这里多了一份令人系心的幽寂。不远处即是车水马龙，不远处即有伐木丁丁，唯这里保有一份隐蔽，好静！

当轻踏那间隔均匀的方砖，一、二、三、四、五、六……两旁的细草不久就吸引了你，使你忘记了究竟是多少步。你只觉自己彻底地拥有一片童心，彻底地与小草野花，以及这里这无人的幽深交换无尽的属于生命的情谊。

当我幼小单纯如你——每一株小草，每一朵小花的那岁月……那时候，我就是这么一点也不关心世间事地轻踩着只有自己懂得的均匀而欢跃的节奏。轻轻地跳跃，轻轻地跨越，伴随着小草与野花的无邪的笑语。

公共汽车上总是有许多孩子。

背着书包，提着饭盒，挂着小壶，还有夹着算盘和画板的。而你总可以看到他们推拥着，笑闹着，在疾行的车子里摇摇晃晃地东倒西歪着。

他们对一个玩笑认真地笑着；对同伴的述说认真地听着，那么专注，那么纯真。

他们不觉得身上背负沉重；不觉得早起奔向校舍，在风中雨里的艰辛；不觉得当铃响后，等待老师赏罚的心情的沉重。

他们不觉得挤公车的烦累；不觉得无人让座给他们有什么不对；不觉得空气恶浊，饮水污染的严重；不觉得便当盒里饭菜的单调与可厌。

对友伴的谈话，他们百分之百地相信。

老师的训诫，百分之百地诚服。

人间有善意，书上如此说，他们便如此信。

解囊助人是美德，因此不去想自己的糖果钱能否解救别人的贫病。

那扶着一个患过小儿麻痹的跛脚同学的孩子，那么自然而然。他只是为了友爱，不是为了怜悯，不是为了同情，更不是为了要遵奉什么训条或博得任何奖赏。

他们为下课铃响后，就可以去跳橡皮筋而兴奋，也为拥有几小张红红绿绿的糖纸而兴奋。

也为到圆山去远足而兴奋。

也为母亲多给了5角零用钱而兴奋。

车板上的泥泞和他们染着泥浆的鞋袜都无损于他们的兴奋。他们不在意任何的污染，因为他们百分之百相信自己的清纯，那是一种最有力的防污剂——自身的清纯。

雨也潇潇

　　课后,在楼上厅里小坐,享有一瓶冷饮,一点零食。落地窗外是远山与错落的屋宇,隔着宽敞的阳台。

　　午后常有雨意,有时疏落,有时绵密。这点雨意常使空间弥漫着一份静美。近来小几上又饰以鹅黄桌巾,并有小小瓶花,光线既佳,温度又好,在这里坐坐,甚觉心静。有时固不是为了饮食或休息,也不是为了写稿,而只是为了喜欢这份安静与雅致。

　　然后可以从这里步行去上班。这段路,远近得宜,尤其沿途红砖人行道铺筑整齐,行道树与小花圃都青翠可喜,道旁并有从人家墙内伸出来的行行绿叶,常使我禁不住伸手用掌心去感觉那份清新的生机。我以前从未发现自己如此喜爱绿叶。树的绿、草的绿、田野的绿,都使我那么想投身其中,沐浴那清新,感觉那甘洌,融入那生机,化入那宁静。我常觉自己像个贪玩的孩子,无法禁止自己触摸那些叶片,那些花瓣,那些软软轻轻的蝶翼。

　　扶桑花开得已盛,大大的花瓣,黄的、粉的、深红的,配着油绿健壮的叶子,好多层茂密的叶子,拥着那花。有时我就希望自己是那花,可以被叶子们密密地簇拥着,挤着,埋着。常想,那绿色的清香可以取代空气。常想,那绿色的盈盈可以取代水。那大片的绿色是如何的澄净了天光!当雨来时,叶子们是多么欢乐地畅饮着雨水!那水稻的绿是多么脆爽!只因它们生长在水里。近来连后院的花木都十分茁壮,天天午后的雨一定使它们觉得满足。

　　那天,看见一个少女俯身审视路边的三叶苜蓿和它的小紫花,心里就一直记着那少女。她不像一般都市少女那么急匆匆,也不像一般所谓淑女那么矜持造作，那么对大自然忘恩负义。她肯俯身审视那朵平凡的小花，而且"敢"那么做。

我总是记着自己小时候一有空就往花草的世界跑。暑假过后，校园中那格外深的野草，常是最令我兴奋与感动。我跑进草丛中去，问讯每一只小小的蜻蜓。过了一个暑假，它们变为好多！有各种颜色的尾巴。夏日清晨的野地里，芦苇真像海浪，而我可以钻进那海浪里，让芦苇把我淹没。深深的芦苇，一望无边地接向远天，里面却有小小的路。两旁夹道的芦苇，在那属于北方旷野的风中刷刷地响，间或就听到各种鸟叫，唧唧，啾啾，喳喳，吱吱，还有鹧鸪的低语。有时芦苇通往白亮河水的港汊，芦苇稀疏时，看见茫茫的水，浅浅的滩。芦苇的绿映着河水的白，远处是浅浅的蓝天，好大的一片辽阔！这种辽阔与萧疏的动心之美，就正像长大之后所念的白朴的渔父词——黄芦岸白苹渡口，绿杨堤红蓼滩头……要是再看见宽展的河面上浮着一只小小的渔舟，看见那船家悠悠然地轻点着竹篙，再隐约听见船声或桨声细细的咿哑，或那船家投一轮钓线在水中，而不在意有没有鱼……那情景，就正使我体会到"傲杀人间万户侯，不识字烟波钓叟"。我常是喜欢一份飘潇与不受牵绊的怡然。小时候，一定是常常被芦苇、蜻蜓、黄鸟、白苹与烟波钓叟所吸引，而逃学，或忘了回家。

阳台上有两只麻雀，后来又来了一只。它们在那里静静地站着，时而轻轻地跃着。小时候总以为鸟也和人一样喜欢欣赏风景，现在仍有时会这样想。所以当它们来的时候，我就觉得有人和我一同对外面的绿意与雨意赞赏而不寂寞。

说不寂寞，也许还是因为自己有那么一份寂寞。我喜欢在雨中散步，也喜欢在清晨或夜晚出来走走，但只是无人陪我。当然，孤独也是一份难得的安闲。

现在外面开始大滴大滴地下雨。雨点洒布在红方砖的阳台上，十分匀净，等一下就会成为一片水潭。有时，我极欣赏这大大的雨滴，好像一些乍现的星点。当它们一起落下，在地上闪出光亮时，又像夜晚灯下的碎钻，倏然闪烁地亮起。当它们成为一片匀净的水潭，那碎钻就整个散布在大片的琉璃上，刷拉拉地奔流。那是一种令人动心的大自然的奢华。

那一阵，雨总是很守信用，很尽责。一过午后，云就从四面八方聚齐，风就开始轻轻地荡，雷就在浓云后面如定音鼓般报导一个乐章的变调。到了两点，雨就开始滴落在街道、在阳台、在屋脊，就必定惊走了那些喜欢炫耀与絮聒的人群，显出那份无人的澄静。雨中的屋宇显出一种孤傲。而那些在街道上流着的小汽车，像一些爱玩的小孩，穿着五颜六色的衣裳，在雨里奔着，享受那浑身湿透的快乐。那种无邪的勇敢，令我着迷。

那些天，我总是故意在雨尚未停的时候，撑一把伞出去，说是去寄信，去买东西，或是去找修水箱的。然后就可以让那透明的黄伞和我一同享受一下雨的浸润，让我的棕鞋和我一同去数一下雨点的节奏。主要的还是看看北边那片田和南边那带草地。北边的田舍有难得的野趣，雨使野树绿得深浓，稻田绿得清新。南边的草地在大片的安全岛上，围着细致而工整的白栏杆，白与绿的组合一向特别清爽，让人想到一切的纯净。尤其这一带，路这么宽，两边又有大片的空野，使你同时享有都市的整洁与乡间的纯朴。有饱满的空气，随着湿润的雨。在这样的雨里，我安闲而快乐。